光文社文庫

長編時代小説

影忍・徳川御三家斬り

風野真知雄

光　文　社

目次

吉宗暗殺

星野矢之助《ほしのやのすけ》は、何食わぬ顔で、江戸城西《にし》の丸《まる》の伏見櫓《ふしみやぐら》の階段をのぼった。

階段をのぼりきると、上に立っていたお庭番二人が、星野の顔を見て、

「なんだ、月庵《げつあん》か」

と言った。軽蔑が混じっている。

星野は持っていた扇子で剃《そ》り上げた頭をポンと叩くと、

「ひゃっひゃっひゃっ。お茶をお持ちしましたで」

と、卑屈な笑いを浮かべて言った。唾でも吐きかけたくなるような下衆《げす》な顔になっているのは、充分、承知のうえである。

星野はここでは茶坊主をしている。

二年前にこの西の丸に入り、当初は茶坊主の中でも末席にいたが、気働きでついには大御所徳川吉宗《とくがわよしむね》に茶を運ぶ役目までおおせつかるようになった。

ただし、大御所に目をかけられたわけではない。大奥の女中たちに歯の浮くようなおべんちゃらが気にいられたのである。

そして、いま、月庵こと星野矢之助は、伏見櫓の窓辺に立って、外を眺める大男の背中を見ていた。

——今日こそ、やれそうだ……。

星野はその大男に飛びかかるときを待っていたのだ。

大御所徳川吉宗。先の八代将軍。神君家康《いえやす》以来の名君とうたわれ、江戸城内でもさまざまな改革を実行した。

だが、三十年に及ぶ将軍職に疲れを感じはじめたのか、五年前には長男家重《いえしげ》に将軍職を譲った。その後、大御所として西の丸に入り、幕政全体に睨《にら》みをきかせている。

いま、星野矢之助と大御所吉宗とのあいだには、お付き女中がふたりいるだけである。ひとりは廊下側にひかえた二十歳ほどの若い娘で、たしか波江《なみえ》という名だったはずだ。

もうひとりは、大御所のすぐ後ろにいる。年寄という女中たちを束ねる役職についている須磨《すま》で、こちらは歳はよくわからない。おそらく三十代後半といったところか。須磨は目を病んで、ほとんど視力を失っていた。

もしかしたらこの女中たちは、吉宗を警固するくの一であるかも知れない。そんな素振りは見せたこともないが、吉宗の身辺にはもっとも腕の立つ忍者がひかえているのが当たり前だろう。

とすれば、いま、飛び出したとしても、横にいる波江と前にいる須磨が飛びついてくるにちがいない。星野矢之助はあとわずか数寸のところで床に押し倒され、吉宗暗殺に失敗するのだ。

くの一ならば、いかにひよわそうに見えても、暗殺者ひとりを身体を張って食い止めるくらいのことはする。

ましてや、星野の背後には、腕利きのお庭番が二名、吉宗の身辺に異変がないか神経を尖らせている。

やるときは瞬時に吉宗の首に手をかけなければ、奴らが放つ手裏剣によって、針ネズミと化すであろう。

千代田城西の丸の茶坊主となって二年――。

ひたすらこのときを待ちつづけた。

茶坊主という屈辱にも耐えた。女たちにはおべっかをつかい、ご老中たちには扇子や手のひらで額や後頭部をぽんぽん叩かれた。それでも、いつもへらへら笑ってきた。

そして今晩、やっと機会が訪れた。このためだけに耐えつづけてきたのだ。

あと一歩、前に出られればいい。

焦《あせ》ってはいけない。

星野の胸はひどく高鳴っている。前にいるお付き女中らに聞かれてしまうのではないかと心配になるほどだ。

武器は銀製のお盆に仕掛けられた鋼の輪。忍者にとっては珍しくない武器であるが、こんなふうに茶道具に仕掛けるのは大変だった。もし、見つかることになれば、大奥中の騒ぎになり、仕掛けた者の詮索がはじまるだろう。

その鋼の輪は、いまはいつでも取り外せるようになっている。

外したらこぶしにかけ、吉宗の首筋にあてて、ひねるようにえぐるつもりだ。鋭い刃は深々と吉宗の首を斬り裂き、あとはどう血止めを施そうが、さほど時間もかからず失血死するだろう。

吉宗は堂々たる体軀《たいく》である。鍛えあげられている。なまじの壮年の男や若者でも、組み付いた途端に放り投げられるのではないか。

――だが、ここまでくればよもや……。

こうして、ここまですぐ背後に迫ることができたいま、討ちもらすことなどはあり得まい。ただ、最後の詰めを確実にするため、あと半間《けん》、いやあと一歩だけ、近づきさえすればいい。

祭りの音が大きくなってきている。

山王《さんのう》祭り――一年交代でおこなわれる神田祭りとともに天下祭りと言われる。このあいだ、江戸の町は祭り一色に染め上げられる。

江戸っ子が待ちに待った夏の夜の夢。

この祭りの準備のために娘を遊廓に売りわたす親すらいるのだ。

いま、星野矢之助がいるところからは見えないが、吉宗が立っている窓の下には、無数のろうそくや松明《たいまつ》で照らされた巨大な人形の山車《だし》が、いくつもいくつも押し寄せてきているはずだ。

吉宗が祭りを見ながら言った。

「喉が渇いたのう」

祭りの熱気と真夏の暑熱で汗をかいたのだ。

吉宗に接近する機会が出現した。なんという幸運であるか。

「はっ。ただいま」

星野は何げなく一歩近づき、お付き女中に茶の入った碗を差し出した。

手は震えない。正直、それが心配だった。

だが、落ちついている。大丈夫だ。機会は突然、やってくるのだ。そういうものだということは自分にさんざん言い聞かせてきた。だから、そのときが来ても、うろたえてはいけないと。

女中もなんら疑いを持ったようすはない。

——いまだ……。

星野矢之助は全身の筋肉に力を溜め、それをいっきに爆発させようとしたそのとき。

まさにその眼前で、吉宗暗殺が決行されたのである。

突然、吉宗が立つ窓辺の上から男が出現した。まるで闇の中から突然、湧いて出たようなふいの出現だった。

「うわっ」

悲鳴のような声がいくつも上がった。ふだんなら咄嗟《とっさ》の反撃ができるよう訓練された者たちですら、一瞬、呆然《ぼうぜん》となってしまったほどだった。

ようやく、近くにいた盲目の年寄須磨だけが飛びついていった。だが、すぐに蹴り倒された。

このとき、男はすでに吉宗を抱きかかえていた。老いたとはいえ、怪力無双の吉宗である。しかも男のほうが、偉丈夫《いじょうふ》吉宗より二まわりも三まわりも小柄である。それが帯のあたりを摑《つか》まれ、宙に浮き上げられている。

そればかりか、男はたくみに吉宗を盾にしている。このため、お庭番は手裏剣の一本すら投げることができずにいた。

「何者なのだ……」

星野はわずかなあいだに、男の顔を脳裏に刻みこんだ。

まだ若い。二十歳をいくつも出ていないのではないか。目が大きく、きょとんとした表情は、フクロウとかコノハズクなどの夜行の鳥たちを思い出させた。

しかし、星野がこの男を見ていたのは一瞬のことだった。すぐ次の瞬間には、男は吉宗とともに、なんのためらいもなくぽおんと窓の外に身を躍らせた。

「あっ……！」

伏見櫓は、高い石垣の上につくられ、その下はお濠《ほり》になっている。落ちれば、石垣に何度か激突しながら、たっぷり水を張ったお濠に没することになる。

だが、人が落ちたような水音は聞こえてこなかった。

「どうしたんだ！」

「明かりを持て！」

皆、いっせいに窓から下をのぞきこんだ。

祭りの明かりもここまでくるとかすかなものになっていて、はっきりはわからない。

黒い影が石垣を猿のような素早さで右手に消えていった。

まだ、綱に誰かがぶらさがっている。

「早く引き上げろ！」

お庭番は動作こそ素早いが、見たくない気持ちがある。恐る恐る引き上げた。

「こ、これは……」

心臓を一突きされている。まだ、血は滴《したた》っているが、吉宗がすでに息はないのは一目でわかった。

ほとんど即死だったろう。

「大御所さまっ！」

女中が叫び、星野もまた、茶坊主らしくおろおろし、泣き叫んだ。

芝居だが、本当に泣きたかった。だから、恥も外聞もなく、涙を流しつづけた。

これは本来、自分がやるべきことだった。

その指令もうけていた。いまから二年前。大御所吉宗を暗殺せよと。

命じたのは、名古屋城に幽閉されている前尾張《おわり》藩主徳川宗春《むねはる》である。

徳川宗春は、倹約を励行する将軍吉宗に対し、消費拡大政策で露骨に対抗した。

将軍家がおこなうことに御三家がさからっていては、全国の大名に示しがつかない。

吉宗は激怒し、宗春を蟄居《ちっきょ》させ、事実上、名古屋城に幽閉した。

——憎き吉宗、死ぬべし。

という徳川宗春の悲願を星野は果たしてやることができなかった。

——それをあの男は、あれほど見事にやってのけた……。

いったい何者なのか。誰が差し向けてきたのか。いくら大御所として隠然たる力を持つとはいえ、所詮は将軍の座を降りた吉宗である。権力闘争の標的にはなりえないはずである。ということは、宗春からの刺客である星野と同じく、吉宗に恨みを持つ者のしわざだろうか。

星野矢之助は悔しさに震えた……。

富士参り

それから二年の月日が流れている。

いまは、宝暦《ほうれき》三年（一七五三）の夏である。

空――それは、ふつう人の頭の上に広がっているものだが、ここではほとんど周囲一面に空が広がっている。その周囲一面の空が、雲ひとつなく晴れ渡っている。ときおり、空のところどころに刷毛《はけ》をはいたような筋雲が現れるが、いつの間にか濃い青色に溶けてしまう。あとにはまた、飛び込めば落ちていきそうな空が広がるばかりである。

その真っ青な空の中へつづいている道の途上である。

岩と石だらけのその道を、男たちが息を切らしながら登っていく。

曲がりくねってはいるが、少しずつ着実に、頂上に近づいている。

めざしている頂きは、霊峰富士。

「あんなすぐのところに見えるけど、ここからがまだ結構あるんだろうな」

「花魁《おいらん》の寝床みてえなもんで、ああやってきれいな姿を見せてはくれるが、たどりつくのはてえへんなのさ」

と、あえぎながらへらず口を叩いた。

「ずいぶん、知ったような口をきくじゃねえか」

どっと笑いが起きる。野卑だけれど気取りのない、おおらかな笑い声である。

富士に限らず、高い山に登るのは男だけである。いわゆる山の神というのは古来、女神とされ、人間の女に嫉妬《しっと》するため、女は山に登ることができない。

男ばかりが十二人ほど、一塊になっている。皆、白の行衣《ぎょうい》姿。宝冠、腹掛けに野袴《のばかま》をはいて、金剛杖を持ち、鈴をふりながら、

「六根清浄《ろっこんしょうじょう》、六根清浄」

と唱和しながら登っていく。

それが次第に、

「六根！」

を唱える組と、

「清浄！」

を唱える組とにわかれてきている。空気が薄くなってきて、息がつづかないのだ。男たちの歳の頃はいちばん上でもまだ四十半ばほどである。二十代と見受けられるものもいるが、大方は三十代くらいの働き盛りだった。

「六根……清浄……ところでよぉ」

息を切らしながら、納豆売りの長太《ちょうた》が訊《き》いた。

「ずっと言ってるけど、ところでこれってどういう意味だい？」

「そんなことは知るもんか。お山に登るときに唱えれば、いいことがあるらしい」

と応えたのは、菓子職人の三平《さんぺい》である。日本橋近くの菓子屋で働いていて、ごつい顔のわりにはこまかな細工が得意という評判を取っていた。

「そうか。じゃあ、言わなきゃまずいやな。ろっぽんちょうじょう、ろっぽんちょうじょう」

納豆売りの長太が出鱈目《でたらめ》を唱え出せば、最初に言っていた男も出鱈目の文句に変わっていく。どうやら、字が読めるような男はほとんどいないような一団らしい。

「いいねえ、お山は」

と屋台のそば屋を出している洋七《ようしち》が言った。この男は長年、おかみさんと二人で屋台を引いてきたが、最近、ようやく暮らしにゆとりが生まれてきたところだった。

「まったくだなあ。おらあ、橋の上から流れる水ばかり見てきたけど、こういう景色を見ると目玉がでっかくなった気がするぜ」

橋番をしている鯖吉《さばきち》もうなずいた。この男が仲間うちではいちばんの年上で、四十六になった。頭はだいぶ前から禿《は》げあがっていて、髷《まげ》を結うこともできなくなっていた。

「おれは山も好きだが、谷も好きだなあ。深くて狭い谷が好き」

と、これは誰か若い者。

「おいおい、そっちはきれいに精進落としをしてからだぜ」

それを年配の男がたしなめる。

お調子者が多いらしく、ひときわ賑やかな連中である。

江戸時代の中期あたりから、富士山への登山がかなり組織化された。富士講と呼ばれる組織である。

この富士講に入れば、積立金を蓄えさえすれば、宿泊から行き帰りまですべて面倒を見てもらえる。出発の日にちが決まり、五合目付近に多い宿も割り当てられる。このところ宿の数がいっきに増えたこともあって、宿の空き待ちもなくなった。最近は、むしろ空きも多いほどだった。

こうした富士講の登山客が一夏に何万人にも及んだのである。だから、夏ともなれば富士山は江戸のちょっとした通り並の人出で賑わっていた。

いま、九合目を過ぎて、さすがに息苦しさのあまりへらず口も少なくなってきたこの連中も、やはり富士講に参加した深川冬木町《ふかがわふゆきちょう》にある長兵衛《ちょうべえ》長屋の一行だった。

三年前から長屋の連中で富士に登ろうという話が決まり、富士講に入り、金を積み立て、そして今年、山王祭りが終わって十日ほど経ってから、ようやく出発したのだった。

三年前の計画では十五人になるはずだったが、一人は病いで亡くなり、一人は奥州《おうしゅう》の田舎に引っ込むことになり、もう一人は仕事のため、どうしても都合がつかなかった。

江戸からの富士登山は、吉田《よしだ》口から登るのが常道である。

麓の浅間《せんげん》神社にお参りし、つつじなど花が咲き誇る美しい林道を歩き、やがて緑も途切れがちになる五合目あたりから傾斜も厳しくなってくる。

そのままいっきに頂上まで登りつめる元気な連中もいないことはないが、たいがいは五合目あたりの宿に一泊し、次の朝から頂上をめざすのである。

長兵衛長屋の連中もそうやって登ってきた。

すでにお昼も近い。なんとか病人も脱落者も出さずに、ここまで登ってきた。ようやく頂上がもう目と鼻の先まで近づいてきたころ、

「あれ、納豆売りの長太がいねえぞ」

と誰かが気づいた。

「おい、坂を転がり落ちたんじゃねえのか。あの野郎、納豆売りのくせして、足腰に粘りがねえからなあ」

と言ったのは、中でいちばん声の通りそうな、締まった顔つきの男である。清兵衛《せいべえ》と言って、鳶《とび》の棟梁《とうりょう》をしている。そればかりか、今度の富士講では先達の役目も負っている。富士登山を経験した者で、人物のしっかりした者がこの役目を引き受けることになっていた。

「あ、あそこだ。あそこにしゃがみこんでいるぞ」

そば屋の洋七が指をさした。

たしかに道からちょっと外れたあたりで、うずくまるようにしゃがみこんでいる長太が見えた。

「なんだ、なんだ。気持ち悪くなったのか。誰か、見てきてやれよ」

清兵衛が棟梁らしく、命令するのに慣れた口調で言った。

「しょうがねえ野郎だなあ」

長太と同じ二十六歳で、ふだんも仲のいい菓子職人の三平が、のろのろと登ってきた坂を下り出した。そのあいだ、他の連中は道端に座りこんで休憩することにする。

長太はいつもへらへらして頭の軽そうな若者だが、深川から本所まで納豆を売り歩く働き者である。身体は丈夫で寝込んだところなど誰も見たことがない。だから、長太のことなど誰も心配などしない。適当に休めば、すぐに元気になって、へらへら軽口を叩きながら歩き始めることだろう。

ところが――。

その長太がなかなか立ち上がらないばかりか、迎えに行った三平までもどってこない。同じような恰好でしゃがみこんだまま、こちらを見ようともしない。

「何やってんだ、あいつら」

清兵衛は呆れ、しばらく見ていたが、ついに待ち切れずに立ち上がった。

「おい、いってえ、何をしてやがんだ！」

清兵衛とともに、ほかの半数ほどの男たちも坂を下り始める。

その清兵衛たちが近づいてくるのを見ると、長太がようやく立ち上がって、

「なんだか、きらきら光るものを見つけたんですよ」

「きらきら光るものと言ったら、おめえ、金しかねえじゃねえか」

 そば屋の洋七が笑いながら近づくと、長太はその洋七の手にさっき見つけたものを渡した。

「おや、これは重いな」

「だろ。ここらの石ころと比べてみると、重さの違いがすぐわかるぜ」

「ほんとだ。まるで違う」

そもそもここらの石は溶岩が冷えたり、火山弾が固まったりしたもので、内部に空気をはらんでいるため、ふつうの石よりは軽い。

だが、それにしてもこの光るものの重さは尋常ではない。

「だが、まさか金てことは……」

富士の頂き近くにそんなものがあるなんて、聞いたことがない。

「なんだ、なんだ。金じゃねえかだと。馬鹿なことを言ってるんじゃねえ」

わいわい騒ぎながら、一行十二人が集まってきた。

「金色をしてるからって金とは限らねえぞ」

「そらそうだ。お天道さまも金色に見えるときがあるが、あれも金じゃねえ」

「鯖吉っつぁんの頭も金色に光っているが、あれも金じゃねえ」

どっとわいた。

「おそらく杖の先につけた飾りでも取れて落ちたんだろう」

だが、そう言って手を伸ばしてくる者も、いったんこの塊を手にすると、なんとなく口をつぐんでしまうのだ。重量感が、ふだんそこらにあるものとは、まるで違う感じなのである。

といって、金の塊なんて、実際のところ見たことも触ったこともないのだから、何も言えないのが正直なところなのだ。

「どれ、おれに寄越してみな」

それまで苦笑いをしていた清兵衛が、この塊を手にした。

一寸ほどの太さだが、千切れたようになっていて長さは親指の先ほどもない。竹に流しこんだような模様がある。

二、三度、ぽんぽんと手のひらのうえで遊ばせてから、塊の端を犬歯のあたりにあて、ぐいっと噛んだ。

柔らかい……。歯の隙間に齧《かじ》ったかけらが入りこんでしまったらしく、舌の先で出そうとしても出てこない。

「棟梁、食っちまっちゃ困るよ」

長太が言った。いちばん最初に見つけたおれのものだとでも言いたいらしい。

「ううむ。こりゃあ、どうも本物らしいなあ」

自信はないのだが、しかし、金以外のこんなモノは見たことも聞いたこともない。

「本物だって……」

長太と三平が顔を見合わせた。

清兵衛は長屋でただひとり、小判を手にしたことがありそうな男である。あとの連中は小判も金も見たことすらないだろう。

その清兵衛が言うのだから長太や三平らが言うのとは信用の度合いがちがう。

「じゃあ、ここらは金山《かなやま》になってるのかい」

そば屋の洋七が訊いた。

すると、清兵衛ともう一人、長屋で字の読める貸本屋の文六《ぶんろく》が、

「いやあ、これはおそらく、いったん人が金山から掘り出したものを金だけに煮詰め直したもののはずだ。いくら金山でも、こんなふうに金がでっけえ塊になって落ちてるわけではねえらしいぜ」

と言った。言うことは理屈がとおっているが、心はすでに金を求めてさまよい出

したらしく、視線があたりを走りまわっている。

「じゃあ、これはたまたまここに落としたもので、もうここらは探しても無駄ってことじゃねえかよぉ」

三平が不貞腐《ふてくさ》れて言った。長太ばっかりいい目にあうなんて許せないのだ。だいたい長太は去年、嫁を見つけ、その嫁はまもなく赤ん坊を産むというのに、自分はまだ、寂しいひとり者である。長太のことは大好きだし、親友と言ってもいいが、あまりにも運のよしあしに差があると、悔しさもひとしおとなる。これで奢《おご》ってもくれないようだったら、二人の仲はしばらく冷えきってしまうだろう。

「そうともかぎるまいよ。なんらかの事情で金ののべ棒をこのあたりに隠しておいたが、ほれ、御神火かなんかのために飛び出してしまい、また、ここらに埋まってしまったのかも知れねえ」

貸本屋の文六が言った。文六もまた、言いながら、足の先で地面を掘っている。

「それもそうだ」

「おいらも掘るぜ」

いっせいに掘りはじめた。

十二人が半町（約五十五メートル）足らずの円の中で、必死に富士の山肌を削っている。もはや富士の山頂など眼中にない。ちょっと離れた道をほかの富士講の連中が、首をかしげながら通り過ぎていく。何をしてるのかと思わないでもないが、息は苦しいわ、頭はぼやけてくるわで、他人どころではない。

だが、あまりにも異様な光景がつづけば、何事かと思う者も出てくる。

「おいおい、そのほうども……」

案の定、見とがめられた。

「なんですかい」

三平がぶっきら棒な返事をした。

「おい、霊峰富士をなんと心得るか」

ふたりづれの武士である。一人は五十歳くらいか、髪も髭《ひげ》もだいぶ白いのが交じっている。もう一人は若く、まだ二十歳を出たばかりくらいに見える。

二人とも羽織袴に手甲脚絆《てっこうきゃはん》をつけ、長刀だけを腰に差した軽装である。

山役人だろうか。

だが、山役人などはすっかりだれきっていて、このあたりまで登ってくる者などほとんどいない。

むしろ、富士山に修行に来た武芸者のようである。そういえば、ふたりとも目つきの鋭さは尋常ではない。

　そんな話を小声でしていると、最初の発見者である納豆売りの長太が直接、訊いてしまった。

「あの、山役人の方ですかい」

「いや、ちがう。だが、似たような者だ」

　若いほうが脅すように応えた。

「似たような者とおっしゃいますと？」

「おい、つべこべ抜かすと、怪我をするぞ」

　刀に手がかかった。気の短い若者である。

「あ、いや、ちょっと、お待ちになって」

　近くにいた先達の清兵衛があわてて割って入った。

「おい、皆、こっちに来ねえな」

　長屋の連中は清兵衛を中心に集まり、こそこそと相談した。

「いったん、今日の宿にもどり、夕方、富士参りの客も降りたあとに、もう一度、登ってきたほうがよかねえか」

　いちばん年上の橋番の鯖吉が、皆の顔を見回しながら言った。

「そうだ。それがいいよ」

長太が賛成した。金を一人占めすることになったら心苦しい。なんとか皆にも一かけらくらいずつは拾ってもらいたいのだ。

「あいつらを見張っていなくていいか」

三平が、そっぽを向いている二人組を睨《にら》みながら言った。

「なんで、そんなこと、するのさ。あの連中はただ、威張りくさりたいだけなんだよ。おいらたちが金らしきものを掘り出そうとしているなんて、思ってもみやしねえぜ」

貸本屋の文六が冷静な意見を吐き、

「たしかにそうだ。さっきの金も見られちゃいねえしな」

と清兵衛がうなずいた。

これで相談はまとまった。

「お侍さま。申し訳ありませんでした」

「わかればよい」

「では、あっしらは富士参りにいきますので」

とりあえず、この場を離れ、一行はいったん頂上に向かった。

頂上はまもなくである。

「ひぇえ、これが噂に聞いた富士のお釜かい」

火口である。大きな穴になっていて、しかも底ではぶすぶすとまだ燻《いぶ》っている。硫黄《いおう》のような臭いも鼻を突いてくる。

想像を絶する景色で、江戸から眺める優美さなどどこにもない。

「それじゃあ、賽銭《さいせん》を投げ入れるかい」

清兵衛の掛け声で、皆はいっせいに小銭を火口に放り、ぱんぱんと柏手を打った。

「ところでさっきの金だけどさ……」

そば屋の洋七が言った。

「長太が拾った分だけでも、小判の二枚分くらいはありそうだなあ」

「いやあ、二枚どころじゃねえ。四枚分はある」

貸本屋の文六が適当なことを言う。

「じゃあ、あいだを取って、小判三枚分としてだよ、あんなものが次から次に出てきたらどうしようかねえ」

洋七はごちそうでも思い浮かべたか、舌なめずりをしている。

「おいら、紀文《きぶん》みたいに吉原《よしわら》で金をまくのは無理としても、せめて十日ほどいつづけてみてえなあ」

まだひとり身の三平が言うと、

「おらは、まだ、お伊勢《いせ》参りにも行ってないんだ。懐が豊かなまま、伊勢参りに行ってみたいもんだな」

と、橋番の鯖吉は目を伊勢のほうとおぼしきあたりに向けて言った。

それぞれが勝手な想像に火をつけていく。

「おれは、清兵衛さんの住んでいるほうの棟に移りてえもんだなあ。嬶《かかあ》がいっぺんでいいから、二階に住んでみてえってぬかしてるんでね」

清兵衛の棟は同じ長兵衛長屋でも、二階建てのほうなのである。

「それもいいけど、表通りの金三《きんぞう》長屋も悪くねえぞ」

「あそこはいい。植木がうわってて、見た目も涼しげだ」

「おれっちはそんなことより、新しい浴衣《ゆかた》をあつらえてえもんだ」

「馬鹿野郎、浴衣なんざ百枚もあつらえられるぜ」

「そんなにはいらねえ。二枚もあれば充分だ」

皆、意外につつましい。

頂上から戻ると五合目の宿にもどり、もう一泊できないか交渉する。少し狭くなるが、十二人全員、大丈夫だという。

一同はひどく腹が減っている。朝、つくっていった握り飯は頂上で食ってしまった。元の予定では、いまごろは須走《すばしり》というなだらかな斜面を駆け降りて、麓の宿に入っているはずだった。結局ここで、もう一度、飯を炊いて食うことにした。

ここらは東側になるので、陽が富士の向こうに隠れてしまい、早々と翳《かげ》りはじめる。だが、富士のふちは陽がまわりこんでくるので赤く輝いている。頂上付近が暗くなるまではまだ二刻（約四時間）以上あるだろう。

「そろそろ出ようか」

腹ごしらえもできた。

「そうしよう」

陽のあるうちに少しでも掘り、明日の朝早く、もう一度、向かうことにしたのだ。

頂上まで行った連中は麓の町までくだっていってしまった。おそらく、金色の塊を見つけたあたりは、すっかり人けもなくなっているはずである。

宿を出ると風が強くなっていた。

「陽が落ちると、もっと寒くなるぞ」

夕べだって寒いくらいだった。

一行はありったけの布や肌襦袢《はだじゅばん》を身体につけ、のそのそと登り出した。取り憑《つ》かれたような顔をしている。

「ここだ、このあたりだ」

九合目あたりの、ちょっと道をわきに外れたあたりである。とくに目印はつけてこなかったが、さんざん掘り返したあともあるので、すぐにわかった。

一行は掘りはじめた。

このあたりは木の枝一本すら落ちていない。

「あ、昼間で指が痛くなったから、枝を拾ってこようと思ったら、忘れちまった」

菓子職人の三平が顔をしかめた。

「馬鹿だなあ、そんな調子だから、いつまでもうだつが上がらねえんだよ」

そば屋の洋七が枝を折って、半分を投げて寄越した。

あとはもう、それぞれ他人のことなどおかまいなしである。

およそ半刻(約一時間)ほど、皆、一心不乱に富士の山肌を掘り返していた。

すでに一個の塊を拾っている長太にしたって、皆の形相にふたたび欲をかき立てられている。その長太に、

「どうだ、あったか」

と、後ろから声がかかった。聞き覚えのない声に、

「え？」

思わず振り向いた。

「あんたは……」

声を上げようとした長太だったが、ふいに心の臓がわしづかみされたようになった。息ができない。

「な、なんだ……」

見ると、胸から血が吹き出している。何かが突き立てられ、すばやく抜かれたのだ。

前にいるのは昼間の老人である。その後ろには、もう一人の若い男もいる。こいつらはこんなひどいことをしたのに、にやにや笑っているのがなんとも気味が悪い。

「ひ、ひでえよ……」

長太は仲間に危機をつたえようと、立ち上がろうとした。だが、すでに心の臓は何かを突き立てられて鼓動をやめており、倒れながら口をぱくぱくいわせるのがやっとだった。

「たしか、こいつの懐だ」

老人は長太の懐を探った。

金塊は手拭いで包まれ、腹巻に入っていた。

「霧丸《きりまる》、あったぞ」

「ああ。では、甚作《じんさく》。残りの連中の口もふさいでおくか」

甚作と呼ばれた老人と、霧丸と呼ばれた若い男によって、一行十二人はことごとく斬り殺されていく。

そのあいだ、飯一椀を食い終えるほどの時間もかからなかった……。

深川

空いっぱいに鴉《からす》が浮いている。飛んでいるのではなく、なにかに止まっているのでもない。まさに浮いているのだ。このため、空は真っ黒に染められているが、夜になっているわけではない。

無数の鴉の隙間から、ちらちらと向こうの空が見える。空は赤い。どうやら空は夕陽に赤く染まっているらしい。

鳶職人の竹次《たけじ》は、自分が呻《うめ》いているのがわかっていた。

少し覚醒しかけている意識の隅で、昨夜《ゆうべ》は熱っぽかったせいかとも思っている。

竹次は鴉が嫌いだった。幼いときから山の中でさまざまな鳥とともに育った。逆に鳥の声が聞こえないと不安に思うほどだった。

だが、鴉だけは別だった。鴉は山にはほとんどいなかった。山を降りて、里に近づくにつれ、鴉が現れてくるのだった。

この鳥は、山の生き物というより里の生き物なのだ。犬や猫と同類だった。人の近くにいて、人の餌をかすめ取って生きる。人に媚《こ》びているわけではないのだろうが、しかし、人から独立しているようには到底思えなかった。その依存性と狡猾《こうかつ》さが、竹次に鴉への嫌悪をもたらしているようだった。

――消えろ、消えてくれ！

竹次は目を覚ました。

びっしょり汗をかいた気配だが、身体は重くない。むしろ四肢に軽やかさを感じる。風邪はすっかり抜けていったらしい。

「よお、清作《せいさく》か」

枕元に子どもがいた。長屋に住む清作である。

ここは深川冬木町にある長屋で、大家の名から長兵衛長屋と言われている。九尺二間の裏長屋とはよく言われるが、ここは二棟の長屋があった。一方は棟割り長屋で、間口が九尺（約二・七メートル）奥行き二間（約三・六メートル）の狭いつくりである。こちらの棟には十世帯が入れるようになっている。

井戸をはさんで、もう一つの棟がある。こちらは棟割りではないので、間口は同じでも奥行きがある。小さな庭もある。しかも、屋根裏部屋のようだが、いちおう二階もついている。こちらの棟には、五世帯が住めるが、一つはこの半年ほど空き部屋になっていて、四世帯のわりと金にゆとりのある連中が住んでいた。

ひとり身である竹次の家は、当然、狭いほうである。

入ってすぐが土間で左手にへっついなどが置かれた台所になっている。土間を上がれば四畳半で、突き当たりは壁である。もっとも壁といっても透き通るほどの薄さで、向こうの声はほとんど筒抜けである。

この四畳半に万年床を敷いて、横になっている。

小さな子どもがちょっと前に入ってきたのはわかっていた。つねづね人の気配に敏感な竹次だが、清作にはなんら危険な気配などない。そこらを歩く猫の子を警戒などしないように、清作も入ってくるがままにさせておいた。

「清作。早いな」

「うん。寝ちゃいらんねえよ」

七、八歳くらいで、きりっとした顔立ちでいかにも利《き》かん気だが、ぷっくりした口もとに愛嬌《あいきょう》がある。

「ちゃんたちは、昨日ももどってこなかったよ」

「そうか……」

長屋の子ども清作が、父親の安否を心配しているのだ。

父親の清兵衛は、鳶の棟梁で、竹次の親方であり、同じ長屋の住人だった。

その清兵衛は、長屋の連中十一人とともに、富士講に出たまま、もどってきていないのだ。ふつうの日程なら、もう三日ほど前に帰ってきてよさそうだった。

江戸からの行程は、七〜八日というのが一般的だ。

江戸から吉田までが三日。登山から下山までが二日。あとの二〜三日で、吉田口よりちょっと東寄りの籠坂峠《かごさか》をくだり、足柄峠《あしがら》をこえ、大山詣りをしてから江戸にもどる連中が多かったのである。長兵衛長屋の一行も、この大山詣りをすませてもどる予定だった。

それなのに、十日経ってももどらないというのはおかしい。

しかもそのなかには、用事があって大山には詣でず、真っ直ぐ帰ってくると言っていた者も何人かいた。

「清作。ここにいたの？」

姉のおみつである。小さな目で、全体もこぢんまりまとまっている。目立った器量よしとは言われないが、よくよく見つめると、誰もが「へえっ」と感心したくなるような愛らしさがある。

「こんな早くから入りこんでいたら、竹次さんだって迷惑だよ」

「なに、かまわねえ」

竹次は短く言った。つねづね無口のうえに話す言葉の量も少ない。

「清作、ごはんだよ」

「腹減ってないよ」

「腹が減ってなくとも、食べなくちゃ駄目だって、おとっつぁんもいつも言ってるじゃないのよ」

おみつは今年、十五になった。長屋の娘にしては晩生《おくて》のところがあり、それだけに清兵衛は目の中に入れても痛くないくらいかわいがっていた。

母親は三年前に病いで亡くなった。清兵衛は後添えをもらわず、家事のほとんどをおみつにまかせていた。だから、父親が出かけても、弟の世話をして帰りを待つのも慣れっこだった。

「そうだ、清作。姉ちゃんの言うとおりだ」

竹次も姉がいた。その姉とはしばらくふたりきりで暮らしたことがある。愛情深い姉と、元気がありあまっている弟。その関係はなじみ深く、懐かしいものである。だから、おみつと清作の姉弟は、竹次に特別な感情をかきたてるのだった。

竹次もじつは長屋の一行について心配している。急な仕事の都合で行けなくなったが、本当なら自分もこの一行に加わっているはずだったのである。

このところずっといい天気がつづいていて、富士山に登るのも楽だったはずである。大きな人死にでもあれば富士講を通して報せは江戸にも伝わるだろうし、瓦版などにもとくに関わりがあるようなことは載っていない。

「大丈夫だ、もどって来るさ」

とは言ったが、竹次はそうは思っていない。

間違いなくなにかがあったのだ。

おみつは今朝、近くの富岡八幡《とみがおかはちまん》にお参りにいき、もどってから水垢離《ごり》を取ったという。

「洋七さんのおかみさんは、あと二日ほど待ってみようって」

「ああ。きっと帰ってくるさ」

そうは言ったが、本当は待っていても埒《らち》はあかないのかも知れない。

竹次は清作やおみつがかわいそうで、今晩からでもないしょで富士にようすを見に行くことにした。

昼は本所緑町《ほんじょみどりちょう》の現場に出た。

清兵衛の友人の棟梁が足を折り、現場の仕切りを頼まれた。竹次が富士に行かなかったのは、そのせいだった。

竹次は他の職人にも信頼され、若い職人などからは「若棟梁」などと呼ばれて、顔を赤らめもした。

この日は一日、仕事をし、長屋にもどった。一行はまだ、もどっていない。長屋にはすでに、まちがいなくなにかあったという確信や、諦めや悲しみまで漂っている。

皆が寝静まった頃に、竹次はそっと長屋を出た。

江戸の町にはところどころに木戸が設けられているが、酔っぱらいをよそおったりしながら、適当にごまかして通過する。木戸番は世馴れた者が多く、そうそう融通のきかない人間はいない。

竹次は甲州《こうしゅう》街道をひた走った。

鳶の仕事で八王子《はちおうじ》までは行ったことがある。そのとき富士に登るにはこの道を行くのだと聞いていた。のんびりした旅なら、江戸を出たばかりの内藤新宿《ないとうしんじゅく》で一泊するか、あるいはこの八王子まで足を伸ばして第一日目の旅を終える。

だが、竹次は脇目もふらずに八王子宿を走り抜けた。

山道にさしかかる。険しい坂をいくつか越えるうちに、やがて、夜空に富士の影も見えてくる。

大月《おおつき》で富士道に入った。

夜明け前には吉田に着き、湧き水を飲んだだけでろくろく休みも取らず、そのまま凄《すご》い速さで裾野を駆け上がっていく。

吉田のあたりはアカマツ林がつづく。

ふつう、麓から五合目までにおよそ二刻（約四時間）、五合目から山頂までが二刻半（約五時間）かかる。

だが、竹次は麓から山頂までを、一刻に四半刻を足した程度の時間（およそ二時間三十分くらい）で駆け上がったのである。

五合目あたりでようやく空が白みはじめた。朝霧も出てきている。ここから六合目にかけては山小屋のような宿がずらっと並んでいて、泊まり客が動き出した気配もある。竹次はその一画は迂回《うかい》して避け、どんどん先へ進んだ。

急な坂では両方の手をかるく地面につけ、獣が四ツ足で歩くように登っていく。安定感がある。たとえ足を滑らせても、手が確実に身体を支えるだろう。

ケモノの姿も多い。キツネや野ウサギが目立つ。遠くにはクマの姿も見えた。

八合目あたりに来るとさすがに腹が減ってきた。準備してきた握り飯や、途中で道でつまんできた木の実などを歩きながら食った。

まもなく竹次は山頂に立った。

ようやく一息つき、何度か深呼吸をする。空気が薄いので、肺がなかなかいっぱいにならない感じである。

「凄《すげ》えな……」

思わず声が洩《も》れる。

山頂の景色は、巨大で複雑だった。富士の山頂は尖っているのではなく、大きな噴火口になっているのだ。噴火口を取り巻く崖っ縁全体が、富士の山頂なのだ。

こんな景色は下から見上げるだけではまったく想像できない。火口からは煙が幾筋も吹き上げてきている。風があるので、煙は北へ流されている。

火口をのぞきこむと、方々に小銭が散らばっている。富士講の人たちが賽銭《さいせん》のように投げ入れたものだろう。ときどき、こうした小銭を拾い集めていく者もいると、前に富士講の世話人に聞いたことがあった。

今度は麓のほうを見下ろす。西側の中腹あたりから裾野にかけて、真っ赤に染まっている。

富士の朝焼けである。陽に照らされて赤くなっているというより、富士山自体が内部から輝き出したかのようにも見える。

信心に乏しい竹次でも、荘厳《そうごん》なものを感じた。

まだ、富士講の連中は登ってきていない。中腹にある宿では、いくつも煙があがっているので、朝飯のしたくにかかり出した頃だろう。

頂上の周囲を一回りすると、竹次はあたりのようすに気をつけながら、だらだら坂を駆け下りるように山肌を走った。

——しまった……。

誰かに見られている気配がした。

もしも登ってくるところまで見られていたら、ただの富士参りの客とは思われないだろう。自分のように山を走れる人間が、ほとんどいないということを知ったのは、伊賀《いが》の山を下りて江戸に来てからである。山伏《やまぶし》の修行でもあんなふうには走らないのだ。

鳥の鳴き声がした。

ホトトギスか。ホトトギスがこんな高い山の上まで来るものなのか、それはわからない。いや、やはり違う。口笛だ。本物の鳥ではない。

竹次は足を止めた。

神経を研《と》ぎ澄まし、気持ちを集中して、あたりの気配をうかがう。

その敵は思いがけないところから現れた。

東の上空から朝陽を背に飛来したのである。

――なんだ……!

巨大な鳥かと思う。そうではない。翼に見えたものは、畳のような何かを二枚合わせてできているらしい。その翼の下に人がぶらさがっているのだ。

竹次が呆然《ぼうぜん》としているうち、怪鳥《けちょう》はどんどん近づいてきて、ついに竹次の視界をおおうほどになった。

「誰だっ」

翼にぶらさがっているのは、鋭い目をした髭だらけの男だった。男の右手には短めの槍があり、その穂先が閃《ひらめ》いた。

ひゅーっ。

と、竹次の首をめがけて槍が襲った。

斬りこみ自体はそれほど鋭いものではないが、しかし思わぬ方向からの攻撃にまず仰天する。そのまま立ちすくみ、斬られてしまった者もいるだろう。

竹次は背後に回りながら飛んで、この攻撃をかわした。

「ふーっ」

とりあえず第一波をかわして一息つく。

だが、竹次の頭上を通り過ぎていった巨大な怪鳥は、そのまま空中を滑り、かなり先まで行ってゆっくりと右にまわり、ふたたびこちらに向かってきた。鷲《わし》の滑空のように悠然たる飛行だった。

——どうしたらいい……。

見たこともない武器に立ち向かう術《すべ》を考える。

そんなものは思いつかない。

こういうときは、身体の自然な反応にまかせるしかない。

それにしても武器もない。通常、危険な場所に向かうときは、苦無《くない》や手裏剣くらいは持っていくが、まさかこんな危険が待っているとは予想しなかった。

急いで周囲を窺《うかが》う。山肌に先の尖った木の枝があった。それはいくつも落ちていた。このあたりに木など生えていない。杖のかわりについてきたものが、折れたりしたので捨てられたのだろうか。

二尺ほどのその枝を拾い、左手に持つ。右手には拳《こぶし》大の石を持った。

――さあ、来い……。
竹次は身構える。
――いや、待てよ……。
何かおかしい。
あの怪鳥だけか。
そのとき、身体はもうひとつ別の異変を察知しているのに気づいた。
――今度は何だ……。
竹次はさりげなく後ろを向いた。
誰もいない。
もう一度、前方の空を見る。怪鳥はさらに近づいて来ている。
また、後ろを向いた。
やはり誰もいない。だが、ほんの少し前と何かが違っている。
――何が違う……。
一瞬の後、竹次に閃《ひらめ》いたものがある。
――岩だ……。
すぐ後ろに大きな岩が転がっている。だが、そんなものはさっき見たときにはなかったはずである。

それは岩ではなく、人だ！

そう思ったとき、眼前に槍を構えた怪鳥が迫った。

「きぇーっ」

怪鳥が叫んだ。

同時に竹次は後ろに大きく飛んで、足元の岩を越えた。

その岩が慌てて立ち上がったとき、飛んできた怪鳥の槍が、そのあたりを薙《な》いだ。

「あっ」

岩から血が吹き出す。

「くそっ。鷹兵衛《たかべえ》のやつ」

立ち上がった岩はそう言った。

岩は薄い布に変わり、はらりと宙に舞った。

岩のように塗られた大きな布だった。隠れていた男がこれをうまく使って、岩のように見せていたのだ。

男は首を斬られていた。太い血管は無事だったようだが、それでも押さえた手のひらの隙間から血が滴り落ちている。

竹次は拳大の石を投げた。がつんという音がして、それは男の顔面に命中する。

「あああ……」

呻きながら、逃げようとするその首の後ろに、竹次はさっき拾った枝を突き刺した。太い筋のようなものを断つ手応えがあった。

「砂二郎《すなじろう》。大丈夫かっ」

背中で声がした。怪鳥がまた、もどってきたのだ。

声はすぐ後ろに来ている。振り向けば槍が竹次の喉をえぐるだろう。

振り向かずに、大きく前方に這《は》いつくばるように飛んだ。

背中を槍の穂先がかすめるのがわかった。

さっき投げたものと同じくらいの拳大の石が目の前にあった。これを拾い、うつぶせのまま通り過ぎた怪鳥の男――鷹兵衛というらしい――の頭に投げた。

ごつん。

と、さっきよりもっといい音がした。同時に鷹兵衛は翼から手を離し、どさっと地面に落ちた。そこは山肌が急になっているところで、鷹兵衛はずるずると斜面を滑った。

竹次はこれを追い、鷹兵衛の身体に飛び乗った。喉元に枝の尖端を突きつける。

鷹兵衛はまだ気絶していたが、頬を二、三発張ると、息を吹き返し、

「きさま、何者だ？」

と訊いてきた。

竹次は問いには応えず、

「長兵衛長屋の連中を殺したか？」

と、逆に訊いた。

「長屋の連中。はて、知らぬな」

髭のためもあって、ふてぶてしい面つきである。

「それより、きさまはお庭番か？」

「ちがう」

「伊賀者か？」

伊賀の山奥で育ち、伊賀の中忍だった父・陣内林蔵《じんないりんぞう》からさまざまな忍びの術を教えられた。だが、おそらくこの男が言っているのは公儀隠密としての伊賀者のことだろう。

「いや」

「ためらったな。伊賀者か。伊賀者はめっきり腕が落ちたと聞いているが、きさま

のような男もまだいるのだな」

鷹兵衛はよくしゃべる。

口下手な竹次は、この手の男に圧倒され、つい口車に乗せられそうになる。

「それより長屋の連中の話だ。富士講でこの山にやってきたはずなのに、もどらない。何かしたか？」

「どんな奴らだ？」

と鷹兵衛は記憶を探るような顔をした。

竹次も彼らの特徴を思い出そうとしたとき、鷹兵衛の身体がふいに大きく反った。

「あっ」

竹次の身体は軽い。ぽんと浮き上がる。そのまま前方へごろごろと転がった。

だが、咄嗟《とっさ》に持っていた枝の先を、鷹兵衛の喉元に突き刺している。

「ぐぐぐっ」

起き上がった鷹兵衛は呻き、刺さった枝を抜いた。鮮血が迸《ほとばし》った。

抜いた枝を手にし、そのまま竹次に向かって突進してくる。

竹次は立ち向かわず、後ろ足のまま逃げた。その逃げっぷりが愚弄《ぐろう》しているように感じたのか、鷹兵衛は凄い形相で追ってくる。

だが、一町（約百十メートル）ほど走るうち、鷹兵衛の身体はふいに横に傾き、倒れた。

竹次は不用意に近づかず、石を手にして、鷹兵衛のようすを見守った。激しい痙《けい》攣《れん》がつづき、血の塊を何度か吐き、息絶えた。

——何者だったのか？

竹次のことをお庭番かと訊いた。あるいは伊賀者かとも。つまり、お庭番や伊賀者と敵対している連中なのか。

竹次はそうしたことには詳しくない。

ただ、三年前、伊賀者に騙され、江戸の千代田城に潜入した。伊賀者がお庭番の台頭によって立場を失いつつあったので、当時、コノハズクとあだ名されていた竹次を城内に潜入させ、伊賀者の手で討ち取って手柄をつくろうとしたのである。

伊賀者はコノハズクの忍びとしての技量を見くびっていた。

コノハズクは広い千代田城の吹上の森に姿を消し、そこに一年のあいだ潜んだ。伊賀者からの「ヨシムネを殺せ」という命令を実行するために。伊賀者は知らなかったが、ヨシムネはコノハズクにとって祖父でもあり、亡き祖母や母が恨み抜いた男でもあった。

コノハズクには、大御所吉宗が二つの意味で命を狙う対象となったのである。

そして、二年前の夏――。コノハズクは、ついに山王祭りの騒ぎに乗じて吉宗の暗殺に成功したのだった。

面目を失ったお庭番や伊賀者は、城から消えた暗殺者を追った。だが、コノハズクはこうして逃げおおせていたのである。

――もしかしたら……。

長屋の連中がいなくなったのも、おれに関わることなのだろうか。おれをおびき寄せるための罠《わな》のようなものなのか。

だが、そんなまどろっこしいことはやるはずがなかった。竹次の正体がわかったなら、直接、攻撃してくれば済むことである。なにも富士山くんだりまでおびき寄せる必要などあるわけがない。

だが、さっきの男たちはお庭番や伊賀者を警戒するふうでもあった。

ということは、このあたりにお庭番や伊賀者が出没しても不思議ではないのだろう。

――何が起きているのだろう……。

竹次は、鷹兵衛と砂二郎という二人の忍者が使った道具を手にした。

空を飛ぶ道具も、地面に似せた布も、伊賀の忍者だった竹次の父は教えてはくれなかった。他の伊賀の忍者たちも、こんな道具を使っていたのを見たことがない。体力を基本にした古来からの忍びの術とはまた違う一派がいるのだろうか。竹次はそうした他派のわざについては、まったく無知であった。

やはり、長屋の連中はこいつらに殺されたのか。いくら長屋の連中が十数人いようが、このふたりが相手ではひとたまりもなかったろう。

では、死体はどこにあるのか。

竹次はそれを探さなければならない。

竹次は山を降りはじめた。

山を降りるときは、ふつうの人の足でも登りの四分の一の時間ですむ。ましてや、竹次が下っているのは、砂走りと呼ばれるところで、ここは足場がよく、飛ぶように駆け降りることができる。

竹次は南東方面も眺めてみたが、こちらは宝永《ほうえい》の大噴火で広大な火山荒原になっている。溶岩が固まり、植物もまったく生えていない。荒涼たる光景で、こんな不気味なところには長屋の連中は足を踏み入れることすらしないだろう。

竹次は一行の足取りを求めながら、ゆっくりと降りていく。

竹次は鷹兵衛の羽根を背負っている。

これが何を見て思いついたものかは、すぐにわかった。ムササビである。ムササビは身体に風呂敷のようなものをつけていて、木から木に飛び移るとき、これを広げて風に乗るのだ。そのようすは、山に暮らしていたとき、何度も目撃したことがあった。あんなふうに飛んでみたいとも思った。だが、それをつくるところまではいかなかった。鷹兵衛という忍者はそれを試み、しかも成功していたのだ。

鳥の羽根にも似ている。だが、羽ばたくことは考えていない。ひたすら風に乗るためのかたちを考え、試し抜いたのにちがいない。

現代でいえば、もちろんハングライダーのようなものである。が、工学的にあそこまで計算されつくしたものではない。当然、機能もあれほどのものではない。だが、うまくあやつることで、斜面をかなり長く滑空することができた。

——おれもやってみたい。

坂を降りながら、竹次は何度も鷹兵衛の真似を試みた。羽根は竹で枠組みがつくられ、薄くなめした毛皮が張られている。これを持ち上げ、少し駆けると、翼が風を受けるのがわかる。あとは、ぶらさがるときの場所も重要なのだ。

竹次は何度も試していくうち、だんだんと骨《こつ》を摑んできた。

そして、ついに風に乗り、滑空に成功した。

「ひょお。これは気持ちがいい」

何とも言えないほどの快感である。鳥になった気分を味わうことができるのだ。

空高く上がるのは難しい。だが、うまく強い風に乗れば、それも可能かも知れない。もっと試したかったが、いまはそれどころではなかった。長屋の連中の、おそらくは変わり果てた姿を見つけ出さなければならない。

この翼は骨組みの数カ所を外すと、何本かの竹棒と、それに毛皮を巻き付けただけのものに分解できた。

その手順を記憶した竹次は、これを四合目あたりのカラマツの上に隠した。

六合目あたりから気になるものがあった。麓に近い一画にやけに鴉が群がっているところがあるのだ。

近づいていくうち、竹次は昨日の朝方に見ていた夢を思い出した。鴉の群れの夢だった。それは、まさにこの場面を告げていたのかも知れなかった。

ぎゃあぎゃあと、鳴き声が凄《すさ》まじい。

しかもここは異様な場所である。尖った槍のような岩が一面に林立しているのだ。

巨大な岩盤が恐ろしく強い力でいっきに弾けると、このような岩の林ができるのだろうか。地獄図の針山にも似た、荒涼とした光景である。

竹次は、もっとも鴉が群がっていたあたりに向かった。

——これは……。

次第に異臭を感じはじめた。

やがて黒灰色の岩の表面に、血痕らしきあとが見られるようになってきた。

最初に見つけたのは、おそらく鯖吉の死体だった。顔も身体も鴉につつかれ、うじ虫が涌いていたが、髪の毛のない頭のかたちに見覚えがあった。

「あった……」

鯖吉が見つかると、次々に死体が現れた。

一、二、三……十二人の遺体だった。

ここで殺されたのか。いや、絶対にちがう。

あたりは足元も悪い。滑って転べば骨折さえしがちだ。そんな危険をおかしてまで、景色がいいわけでもないこんなところに長屋の連中が来るわけがなかった。

逆に、ここは死体を隠したりするには恰好の場所だった。

変わり果てた姿である。

ここまで引きずるように持ってきて、放り投げたのだろう。衣服のあちこちは破れ、肌や肉はひっかかれたような無数の傷がある。中には頭から岩の隙間に突っ込まれた者や、お腹を岩の尖端に突きさした者もいる。死者への畏敬など微塵《みじん》も感じられない非情のふるまいだった。

「長太さん……」

「三平さん……」

「これは文六さんか……」

身体つきや頭のかたちからどうにか見分けはついた。

「洋七さん……」

「棟梁……」

清兵衛の遺体だった。顔は無残に鴉に食い破られていたが、無駄のない筋肉と紺の地下足袋はまちがいなく清兵衛のものだった。

「何てことだ……」

清作とおみつの顔が浮かんだ。二人に父・清兵衛の死を告げる役目は御免こうむりたかった。

それにしても、愉快な連中だった。

もちろん飛び切りの善人ぞろいだったわけではない。皆、こずるいところもあったし、意地悪な奴もいた。

つまらないことで笑ったり怒ったりしながら、つましい人生を一生懸命生きてきた連中である。

もし、たちの悪さを言うなら、三年前の竹次だけがそんな人間に属していたかも知れない。

だが、その当時の竹次にしても、こんなふうに十二人の人生を無慈悲に奪い去ってしまうほどの残虐さは持っていなかったのではないか。

――さっきの奴らのしわざなのか……。

だとすれば、清兵衛たちの仇を取ったことになる。

だが、断言はできない。

いきなり自分に襲ってきたところを見れば怪しいが、しかし竹次を見れば忍者なら誰もが曲者《くせもの》と見て、攻撃してくるだろう。このことが長屋の連中を襲ったのも奴らだとする確証にはならないのだ。

――真相を確かめ、何としても仇は取ってやるからな。

竹次は十二の仏たちに手を合わせ、とりあえず深川の長屋に戻ることにした。

背中で鴉たちが、竹次をあざ笑うようにいつまでもぎゃあぎゃあわめきつづけている。竹次は、長屋の連中の肉を食いあさったこの鴉たちに向けて礫《つぶて》を飛ばした。たてつづけに三羽ほどの鴉が頭や首筋を打たれて気絶する。

鴉たちは先を争って逃げ出した。

そのぶざまなようすも、竹次の心を少しも晴らしてはくれなかった。

宗春

星野矢之助は、名古屋城の本丸にある小普請組《こぶしんぐみ》の詰所に座って、数字の書き込まれた書類を憂鬱《ゆううつ》そうに眺めていた。

星野は尾張の隠密である。

だが、ふだんは小普請組の組頭として城に出仕している。隠密は影の仕事であり、そのことを知っているのは同じ隠密の仲間と、前藩主・徳川宗春だけである。

なお、ここ名古屋城にはもうひとつ、隠密の組織がある。藩主直属の集団で、御《お》土居下《どいした》というところに屋敷を持つ同心たちで、御土居下同心衆と呼ばれている。

だが、宗春はこの歴代の藩主の直属機関を重用《ちょうよう》しなかった。

理由がある。

尾張では宗春が藩主になる前、藩主の不審な死がつづいた。もしも、この御土居下同心衆がきちんと機能し、信頼できるものだったなら、ああしたことは起きるはずがないと思ったのである。

それ以前に、宗春は奥州梁川《やながわ》三万石の藩主になっていたが、奥州に人目を忍ぶ修験者の一団があると聞いた。どうもかつて源義経《みなもとのよしつね》の周辺にいた修験者たちの末《まっ》裔《えい》らしいという。その者たちを集めて、新しい隠密集団をつくった。星野矢之助もその一人だった。

宗春は梁川藩主になるとすぐに尾張藩主の座が転がりこんできたが、この隠密集団をひきいて名古屋城に入った。こうした経緯は、吉宗のお庭番とも似ている。

星野の得意な術は変装だった。

もともと顔立ちが宗春に似ていたこともあって、一時は影武者のような役目をつとめたこともある。

だが、もはや檻《おり》の中で痩《や》せ細ってしまった宗春の影武者などつとめることは難しいし、それにそんなものは必要でもなくなっている。

五年前――。

星野は江戸城に潜入するため、茶坊主に変装した。姿から中身まで、茶坊主になりきった。そうして、あと一歩で吉宗を暗殺するところまでいったのである。

ところが、星野の目の前で、何者かが吉宗暗殺に成功し、姿をくらましてしまったのだった。

消沈して名古屋城に戻った星野を、宗春は怒りもせず、逆に、

「そう落ち込むでない。そなたにはまだまだやってもらうことも出てくるはず」

と慰めてくれたのだった。

しかし、以来、それほど大きな仕事も与えられず、星野はこうして身分を隠すための小普請組の仕事を、だらだらとこなしていた。

「星野……」

あくびをしそうになっていた星野のところに、江戸屋敷で右筆《ゆうひつ》役をしている今田甚作がやってきた。じつは星野と同じく宗春の隠密御用をつとめてきた男である。

このところは、富士の山頂を見張る役目についていて、つい数日前、交代して名古屋城にもどってきたばかりだった。

「どうした、甚作」

「じつは、わしらと交代で富士山の見張りについた鷹兵衛と砂二郎が、何者かによって殺された」

「鷹兵衛と砂二郎が……」

星野は絶句した。あの二人が殺《や》られるなんて信じられないことである。滑空する

鷹兵衛と、地面と化してしまう砂二郎は、尾張忍者の自慢の逸材だった。あのふたりが倒されたということは、よほどの凄腕を相手にしたにちがいない。

——幕府の犬のしわざか。

当然、そう思った。いまどき、それほど凄腕の忍者を抱えていられるのは、財政的によほど恵まれているところである。とすれば、徳川将軍家はもっとも怪しくなる。

だが、理由がわからない。

「お庭番か？」

星野は訊いた。

「と思うのだが、確証はない」

甚作も自信はない。

「なぜ、いまごろお庭番が出てくるのだ？」

「例の金のことでかのう」

甚作は首をひねる。

先日、いっしょに富士山を見張っていた霧丸とともに、山頂付近で金を見つけた富士講の一行を殺害した。

金のことを知っているのは、星野のほかに、隠密衆の幹部四人、富士を見張ってきた六人——そのうちのふたりはすでに殺されたが——と、あとは宗春と数人の家老くらいである。

ここから漏れることはまず考えられない。

「星野、どう思う？」

甚作もさすがに不安げである。

「甚作。おぬしらが始末したというのは、本当にただの町人たちだったのだろうな」

「それは絶対、まちがいない。あんな連中がお庭番や伊賀者だったなら、将軍家はとうに滅びておるわ」

「では、その筋の復讐というのではないか」

「と思う」

甚作は白い顎髭《あごひげ》をしごいた。

「だが、まだ、わからぬぞ。とりあえず、見張りの数を増やさねばなるまい」

「宗春さまには？」

鷹兵衛と砂二郎が殺されたと伝えれば、さぞかし不安に思われるだろう。だが、伝えないわけにはいかない。

「いまから行って来る」

星野は首をまわしながら、気が重そうに立ち上がった。


星野矢之助は名古屋城の二の丸から裏手に向かった。小普請組の仕事のためという名目である。二の丸の階段のきしみがひどいということにした。

宗春は厳重に見張られながら、この名古屋城二の丸裏手にいる。

ここは異様な場所である。

名古屋城内の一画とは思えない。草木はいっさいなく、ただカンカンと音がしそうなくらいに固められた赤土の地面が広がっている。

その中央に宗春のいる檻があった。

檻自体は立派なものである。頑丈な樫《かし》の木で組まれ、南側だけが格子になっていて、あとの三面は壁である。

風通しが悪そうだが、地面から一間ほど持ち上がった高床式になっているので、湿気も少なく、夏とはいえ、その点では快適だった。

この檻をつくったのは、名古屋城の人間ではない。江戸のお庭番が設計し、普請させたものだった。

蟄居《ちっきょ》するときには、幕府から宗春の世話をする者たちがやってきている。男が三人と女が二人である。この者たちのうち二人から三人がつねに宗春の檻の前にひかえているため、世間話のようなことならまだしも、大事な話はできない。

それでも尾張の忍者たちは、宗春との接触に成功した。檻から離れた場所で、見張りの者がいるところから死角になる場所がある。あいだの距離はおよそ五間（約九メートル）ほどある。やや遠いが、読唇術を駆使し、宗春のつぶやきから話の内容を察知するようになっていた。

星野もその場所にやってきた。

宗春はいつものように、格子のすぐ前にあぐらをかいて座っている。配下の忍者が自分の唇の動きを見やすいようにである。

宗春は何かつぶやいている。

「さるほどに判官八島のいくさに打ち勝って、周防《すおう》の地へ押し渡り、兄の三河守《みかはのかみ》とひとつになる。平家は長門《ながと》国引島《ひくしま》にぞつくと聞こえしかば、源氏は同じ国のうち、追津《おいつ》につくこそ不思議なれ。ここに紀伊国の住人、熊野別当湛増《たんぞう》は、平家重恩の身なりしが、たちまちに心変はりして、平家へや参らん、源氏へや参らんと思ひけるが……」

平家物語の一節である。

宗春はこの物語の全文を記憶していて、ほとんど毎日、この物語を暗唱している。記憶するのにはそう時間はかからなかった。檻の中の退屈しのぎにちょうどいいとはじめたことだったが、三月もするうち全文が頭におさまった。

いまは、ほぼ五日あれば、この物語をひととおり暗唱し終える。何度、読んでも、新たな発見があるし、好きな場面がくれば、はらはらもわくわくもする。終わればまた、最初から暗唱しはじめる。

星野はしばらく、宗春とともに平家物語の一節をたどった。

宗春は檻の中で棒のように痩せている。吉原の太夫たちをときめかせたという若いときの美男子ぶりは、想像することもできない。星野が茶坊主に化けるのででっぷり太ってしまったときは、しばしば「宗春さまに申し訳ない」と肩をすくめた。

しかも、尾張側の女中の弁によれば、ここ数年でめっきり衰えなさったという。

だが、気力と頭脳は衰えてはいない。

「何かあったか」

ふいにこちらを見て、訊いた。さっきまでののんびりした表情は吹き飛んでいる。

もちろん声には出さず、唇の動きだけの会話である。

「じつは、鷹兵衛と砂二郎が殺されました」

「えっ……」

宗春はしばらく言葉を失い、

「富士でか？」

「はい。その七日ほど前のことは、すでにご存じで？」

「富士講の者どもが金のかけらを見つけたという話だな」

「甚作と霧丸がその者たち十二人をすべて始末しました。その仕返しと考えるのが妥当でしょうか」

「では、その者たちは富士講の者ではなかったというのか」

「わかりませぬ。甚作と霧丸はただの町人にまちがいないと申しております」

「ううむ……」

奇怪なできごとである。

宗春はじろりと横を見た。ここからは見えないが、横にお庭番がひかえている。

「あの二人に勝てる者がそうそういるとは思えぬ。やはり、お庭番だろうか」

「とすると、どういう経路かはわかりませぬが、金のことが知られたのでしょうか」

　それがいちばん心配である。

　その金塊にこそ、宗春の最後の望みが託されているのだ。

「困ったな……」

　宗春はしばらく沈思した。

　檻の中で立ち上がり、何度か狭い内部を行ったり来たりしたあと、

「やはりお庭番と決めつけることはできぬ。星野、そなたが富士に向かえ。今後の動向をよく見て、わしに報告せよ」

　と命を下した。


「その後は源平の兵ども、互いに面も振らず、命も惜しまず攻め戦ふ。されども平家の御方には、十善帝王、三種の神器を帯してわたらせ給へば、源氏いかがあらんずらんと、危うく思ふところに、しばしは白雲かと思しくて、虚空に漂ひけるが、雲にては無かりけり。主もなき白旗一流舞ひ下がりて、源氏の舟の舳《へ》に、棹付けの緒の、さはるほどにぞ見えたりける……」

　宗春はまた、平家物語をつぶやきはじめている。もうすっかり記憶しているので、

そんなことは無意識でもできる。

頭の中では別なことを考えていた。

——矢之助……。

ついさっき、腹心の部下である星野矢之助の後ろ姿を名残惜しげに見送った。檻の中に置いてきぼりにされた気分でもある。あまりにそっけないあたりの光景は、どう自制しても心がけばだっていく。

——もう十四年になるのか……。

尾張藩第七代藩主・徳川宗春が、将軍吉宗の命令で蟄居させられたのは、元文《げんぶん》四年（一七三九）一月のことである。

当初、江戸屋敷に蟄居となったが、その年のうちに名古屋に移った。

蟄居と言えば聞こえはいいが、実質は見たとおりの檻の中である。

宗春のあとは美濃《みの》国高須《たかす》藩主松平義淳《まつだいらよしあつ》が継いだ。現藩主・徳川宗勝《むねかつ》である。宗勝は宗春がつくった莫大な借金を、吉宗にならった倹約政策で乗り切ろうとしている。

それを宗春はあざ笑っている。

——そんなものでわしのつくった赤字は埋まらぬぞ。

もともと覚悟のうえの浪費だった。

その浪費がうまく回転し、全国に派生していけば、宗春の狙いは成功するはずだった。

——もっと金があれば……。

宗春はあらゆる金策を試みた。

そのうち思い当たったのが、過去の英雄たちが残したはずの埋蔵金だった。

平家の宝、義経の軍資金、信長《のぶなが》の財宝、信玄《しんげん》の隠し金……。埋蔵伝説は数多い。

宗春は全国に腹心の隠密を放ち、埋蔵金伝説の信憑性《しんぴょうせい》を探らせた。

こうして信玄の隠し金伝説に信憑性があることを摑んだのである。

武田家復興のための軍資金の噂は古くからあった。

武田の軍資金は潤沢だった。甲斐《かい》は金山の国でもあった。

だが、もっとも人目につくところに埋蔵されていた。

霊峰富士。

武田の軍資金はそこにある。

さすがに信玄入道のすることは周到であり、先を睨んだものだった。

だが、宗春がこのことを知ったときには、宝永《ほうえい》四年（一七〇七）の大噴火によって、隠し場所がわからなくなっていた。

宗春は、この場所を探るため、さらに幕府に持ち去られないため、富士に隠密たちを常駐させることにした。蟄居を命じられるわずか半年ほど前のことだった。

以来、星野たちは、この埋蔵金を見張りつづけてきた。

もしかしたら、大噴火のため、すべて溶けて吹き飛んでしまったのか、と思うこともあった。

大噴火の中心は頂上の火口ではなく、富士のわき腹に吹き出た新山だったが、頂上の火口からも噴煙や溶岩は出たのである。溶けたり、吹き飛んだりしていてもおかしくはなかった。

それが、町人たちによって偶然、発見されたのである。

——やはり、あのあたりにあるのだ……。

宗春の心はひさしぶりに逸《はや》って《じ》いた。

こんなところにいるのが焦れったかった。奴らの先頭に立って、暴れまくりたい。

いつかそういう日が来るのではないかと夢見て、身体の鍛練も怠ってこなかった。あぐらをかくときも腰を浮かせ、ときには手の指だけで全身を支えた。寝るときも頭と背を浮かせたり、逆に足を浮かせたりして、筋肉の衰えを防いできた。

もしかしたら、浮世にあったときよりも、筋肉などは発達したかも知れない。だが、それも限度を越えた気がする。この二年ほどは衰えが目立ち、痛いところ、凝っているところ、しびれるところなどがどんどん多くなってきた。

――長くはない……。

いまはこの世にないが、憎き吉宗と、現将軍家になんとか一矢報いたい。それができる機会も、もうそれほど残っていないだろう。

「この国は粟散辺土《ぞくさんへんど》と申して、物憂き境ひにて候。あの波の下にこそ、極楽浄土とて、めでたき都の候。それへ具し参らせ候ぞと、さまざまに慰め参らせしかば、山鳩色の御衣にびんづら結はせ給ひて、御涙に溺れ、小さう美しき御手を合はせ、まづ東に向かはせ給ひて……」

気がつくと、無意識のうちにつづけていた平家物語は、もっとも好きな箇所に差しかかっていた。

お庭番

激しい驟雨《しゅうう》がようやく上がった。さっきまでは滝の内側にいるようだった。蒸し暑かった江戸城本丸の周囲も急に冷たい空気に変わり、広い大奥のなかを吹き抜けて涼しい風が流れこんできていた。

「いい風じゃのう」

お庭番の川村猪之助《かわむらいのすけ》は、大奥の中庭に立って、そうつぶやいた。

中庭はきれいに作庭されている。いま、川村猪之助がいるこの庭は、竹と石組みだけで禅寺の庭のようにつくられていた。

お庭番はいつも中庭にいる。将軍が至急、調べたいことや、遂行して欲しいことができたら、どこからでも大奥内にいくつかある中庭に向かって声をかければいい。

「誰か」

と、ただそれだけ。すると、ほとんど合間をおかず、

「なにかございましたか？」

と声がする。お庭番が聞きつけたのである。

このように、お庭番というのは単にお庭の番をするのが役目なのではなく、将軍が求める隠密の仕事にすぐ駆けつけることができるよう、大奥のお庭にひかえている者たちのことを言う。

ひらたく言えば、将軍子飼いの忍者である。

川村猪之助は、およそ百人ほどいると言われるお庭番と、その配下の者およそ二百人を実質上、束ねている男である。歳は四十歳前後といったところか。

それほど凄腕の忍者なのに、外見からはまるで想像ができない。福顔というのか、いつもニコニコ笑っている。目尻が下がり、笑い皺《じわ》もできてしまっている。

いまも、

「ああ、早く屋敷に戻って、枝豆で冷たい酒をきゅうっとあおりたいのう」

などとつぶやいている。

「酒の相手は誰がよいかのう。古女房もたまには相手をしてやらなければならぬのだろうが、しかし、あれはすぐに癇癪《かんしゃく》を起こすから、酒がまずくなっていかん。やはり女中のサダか、キクだろうな。本当は二人並べて酌をさせたいが、互いに焼き餅でもやかれると面倒だし。そうすると、夏はやはり、色白で痩せ気味のキクを選ぶだろうな。これ、キク、こっちへおいで。そなた、ここへ来てからずいぶんときれいになったのう……なんてことまで言ってしまおうかなあ。ちと、恥ずかしいのう……」

とても武士には見えない。どう見ても、せいぜい日本橋あたりの大店《おおだな》の番頭といった雰囲気である。ましてやさまざまな隠密仕事をしてきたお庭番だなどとは、顔を見ている限り想像することもできない。

だが、忍者として、腕が立つことも昔から折り紙つきだった。他藩の内情を探り、ついには廃藩にまで追い込んだ例も片手では足りないと噂される。

ところが、川村猪之助の商人のような穏顔を、質実剛健を好む吉宗が嫌い、その実力にもかかわらず、しばらくは不遇の地位にあった。

それが二年前の吉宗暗殺から、お庭番の中で川村猪之助の名がしきりに取り沙汰されるようになった。

「もしも川村猪之助がお庭番を仕切っていれば、あのようなことにはならなかったのではないか」

「顔や話しぶりなどのことで、川村猪之助が冷遇されていたのは不運だった」

そういった声が相次いだ。

こうした意見は大奥の中枢や、老中などの幕閣たちのあいだにもつたわり、吉宗暗殺から半年後に、川村猪之助は江戸城本丸の大奥へ入ったのである。

その川村猪之助のところに、

「川村さま。お報せしたいことが」

と、すばやく駆け寄った男がいる。小野英二郎《おのえいじろう》といってやはりお庭番だが、将軍の警固よりも他藩の事情をおもに探ってきた。

「小野どのか。どう、なされた？」

川村猪之助は部下に対してもていねいな口を利いた。

「は、じつは富士山頂付近で尾張の忍びが二人、殺害されていたのです」

「ほう、あの連中がですか」

川村猪之助は、一度だけ富士を偵察に行き、そこで見張っている男たちを確認したこともある。皆、腕の立ちそうな男たちだった。

連中が富士に張りついている理由はわからない。だいぶ前の、尾張藩主が徳川宗春だったころからのことらしい。

当時は伊賀者が中心になって、尾張の動向を探っていた。

宗春失脚後は、尾張の動きなどあまり気にしてこなかった。

亡き吉宗も、宗春を封じ込めたあとは、全国に対する警戒をゆるめていた。

だが、川村猪之助が実権をにぎってからは、むしろ積極的に他藩の動向を探らせてきた。あの吉宗を暗殺した男にしても、どこか幕府に対する野心を持った藩が送り込んできた刺客であったかも知れないのだ。

尾張の忍者を誰が殺ったのか。

もちろん、我々お庭番がやったことではないのはわかっている。

では、伊賀や甲賀の連中のしわざか。

それも考えにくい。

だいいち、伊賀者や甲賀者に尾張の隠密を葬り去れる腕のある者が残っているとは思えない。

「もしや……」

川村猪之助は眉をひそめながらつぶやいた。山の戦いというのが嫌な連想に結びついたのだ。

――まさか、あの男は富士にもぐったのではないか……。

あの男とは、大御所吉宗を暗殺した刺客である。

いったい何者であったのか、お庭番はわからない。

もしかしたら、伊賀者ではないかという推測もあったが、伊賀者の幹部たちはあの刺客によってほとんど全滅させられている。

追及は難しかった。

お庭番も必死の捜索をつづけた。川村猪之助はやはり伊賀が怪しいと見て、伊賀の里にも何人もの密偵を放った。それでもあの刺客の存在は浮かびあがってこなかった。ただ一人、山奥に猿のように暮らしていた若者がいなくなっているらしいが、しかしその若者はまったくの愚鈍な男で、とてもあのような緻密な暗殺計画をやり遂げられるような男ではないというのだった。

だが、暗殺者は山の暮らしが得意だったらしい。なにせ吹上の森に人知れず一年のあいだ潜んだのである。その点でも、その若者は合致する。

川村猪之助は、その若者を探させたが、まだ見つからない。どこかの谷底にでも落ちて死んだのだろうという者が多かった。

全国の山にも注意を向けた。

山に入り込んでも、人は所詮、ケモノとちがって人の生活を送る。どうしても目立ってくる。だから、もしも山に入り込んでいたら、そう時間はかからずに目撃者が出てくるはずだった。

だが、この筋からも暗殺者は浮かびあがってきていない。

全国の町も探した。この二年のあいだに誰か新しい住人がいないか。いれば、その男を徹底的に洗った。それでも怪しい男は見つかっていない。

いまはあらゆる探索の糸が途切れてしまっている。

凄まじい腕の忍者であったことはわかっているのだ。

それは大御所さまを暗殺した後、まんまと逃げおおせてしまったことが証明している。

暗殺を完全に防ぐのはきわめて難しい。ただし、それは暗殺者が完全に自分の命を捨てた場合はである。少しでも自分が生きて逃げようという気持ちがあるなら、そこに隙が生まれる。

ところが、あの男は逃亡のための準備もすべて整えたうえで、あの暗殺計画を決行したのである。われらお庭番にすら、手がかりひとつも残さずに……。

川村猪之助はそのうち、伊賀者を締め上げてみるつもりでいる。もはや、事情を知る者は服部半蔵くらいと言われていて、難しいかも知れないのだが。

しかも、その服部半蔵すら行方がわからない。どうやら大奥の年寄に化けて、大御所さまの身辺にあったらしいが、あの夜以来、姿を消してしまった。

もしかしたら、大御所さま暗殺の黒幕だと疑う者も出たほどだった。

——それにしても、尾張忍者を殺《や》ったのがあの男だったとしたら……。

この日本でもっとも目立つ山にわざわざ隠れるものだろうか。逃亡する者にとっては、あのような山は四方八方から見られている気がすると思うのだ。

だが、あの男は足元の江戸城の森にひそんでいたような男なのだ。こちらの意表を突くようなことをやってのけるのかも知れない。

「川村さま。先ほど、もしやとおっしゃいましたが？」

小野英二郎が訊いた。やはり気になっていたのだ。

「言いましたか。いや、じつはふと思い出したことがありましてな」

「何のことでしょう」

「ほれ。あの、大御所さまを暗殺した謎の刺客ですよ」

「ああ。ヤツならば尾張の忍者二人くらいは苦もなく倒してしまうかも知れませぬな」

吉宗の死はもちろん表向きには病死とされているが、お庭番は刺客の探索もあるので、皆、真相を伝えられていた。

「だが、ヤツが尾張と戦う意味は何なのかと考えると、さっぱり見当がつきませぬ」

「もしや、徳川家そのものに対する恨みでも……」

「御三家もふくめてですな。それもあるかも知れませぬな」

「だが、恨みを抱く者といっても……」

「多すぎて絞り切れませんか」

「いや、そんな、滅相もない」

小野は困ってしまう。だが、徳川家に恨みを持つ戦国大名の子孫や末裔など、確かに多すぎて絞り切れないだろう。

小野の顔を笑いながら見て、川村猪之助は、

「では、とりあえず富士参りをよそおって、つねに富士を見張らせましょうかな。こちらからお庭番とその配下を二十名ほど差し向けておくれ」

と言った。

お庭番に人員の不足はない。ただし、その分、人員を集めるのに手間取り、追いつづけてきた暗殺者を目撃することはできなかったのだが。

鴉の群れ

竹次は工事現場にいる。

大店の倉の建て替えで足場を組むついでに、瓦を乗せる手伝いまで頼まれてしまった。

鳶《とび》職といっても、現場の仕事はせず火事のときの火消し人足である者も多い。竹次の場合は人出の多いところに顔を出さなければならない火消しはやらず、顔がわかりにくい高いところの仕事ばかりやっている。

「どうしたい、何か考えごとか」

屋根葺《ふ》き職人が耳元で訊いた。

「あ、ああ……」

竹次はうなずいた。

「珍しくぼんやりして、落ちるなよ」

「わかってるさ」

どんなにぼんやりしていたとしても、そんな失敗はない。

「そろそろ終わりにしようかい」

屋根葺き職人が気をつかって言った。

この言葉に、屋根の上の職人たちはいっせいに片付けをはじめた。

よく晴れた一日だった。屋根の上の仕事には陽射しがきつすぎたが、風がさらりとして爽やかだった。

屋根の上からはずっと富士が見えていた。

昨日の朝はそこにいたのである。あの麓ではもっとも見たくないものまで見てきてしまった。

——清兵衛たちはなぜ殺されなければならなかったのか……。

竹次は屋根の上でずっとそのことを考えていた。

おそらくあそこで、長屋の連中は見てはいけないものを見てしまったのだろう。そのために竹次が出会った忍者たちに殺されてしまった。やはり、そう考えるのがいちばん無難であり、自然だった。

では、何を見たのか。

富士山頂付近の景色を思い出してみる。草木などは一本もない。石と岩と溶岩の塊だけでできている。だが、それらの色は白から茶色、黒まで微妙にちがっていて、山頂付近は三毛猫の背中のような複雑な色合いを示していた。

そこに何があったのか。

巨大なお釜の中には無数の賽銭が投げこまれていたのも目で確かめた。あの中に賽銭ではなく、もっと別のものが投げ込まれてあったなら……。

だが、お釜の中は蟻地獄のようなもので、足を踏み入れたらずるずる火口の中心部まで持っていかれるだろう。そこではまだ、水蒸気が吹き上げ、ぐつぐつという不気味な音とともに、真っ赤な溶岩すら湧き出ているのである。

やはり、お釜ではないのだ。

では、何か。いくら考えてもわからない。

考え疲れて、深川冬木町の長屋に帰ってきた。

長屋はまだ大騒ぎである。いまだに誰も帰ってこないのだ。

富士講の世話人に訊いてもわからない。むしろ、行け行けと勧めてきた世話人は、いざ妙なことになったと知ると、面倒は困るとばかり逃げ腰になっている。

とりあえず一つ風呂浴びようかと、手拭いを手に外へ出たとき、貸本屋の文六のおかみさんが、竹次をあわてて追い越していく。

「どうかしたのかい？」

竹次は訊いた。

「表通りの真眼斎《しんがんさい》先生が見えたと言ってるんだと」

「見えたって何が」

「長屋の連中のことだよ。占ってみたら、いま、どこにいるかが見えたと言ってるらしいよ」

「占いか……」

竹次はそのまま風呂に行きたかったが、あまりに不人情のように思われそうで、おかみさんたちの後について、占い師のところに向かった。

あっという間に長屋中に話がまわり、おかみさん連中は皆、雁首《がんくび》を並べている。

すでに、そば屋の洋七のおかみさんがお伺いを立てたところだった。

真眼斎というのは、顎髭をヘソのあたりまで伸ばした、うさん臭い老人である。

以前は医者だったが、まったく患者を救えないので、占い師になったという噂がある。

当たったためしがないとふだんは鼻でせせら笑われていたが、こういうことになると、なんにでもすがりたいらしい。

真眼斎は、銅製らしいよく光る皿のうえに、米粒を二、三十粒、ぱらぱらっと蒔《ま》いて、

「ややっ。これは……」

と呻いた。

「なんだよ。勿体《もったい》ぶらねえで早く言えよ」

お腹の大きな長太の女房が言った。もう、いつ生まれてもおかしくないときにこんなことがあって、さぞかし心配だろうと同情を集めている。

「富士の裾野あたりに埋まっておるぞ。鴉がほじくっているのが見えるわ」

真眼斎は目玉をぐるぐるまわしながら言った。

「なんで埋まってるんだよ。崖崩《なだ》れにでもあったのかい」

そば屋の洋七の女房が訊いた。ともに屋台を引っ張ってきた糟糠《そうこう》の妻で、すっかり気を落としてしまっていた。

「いや、そうではない。何かに襲われたらしい。これは悪霊か、あるいは狼か、はたまた猪だろうか……」

だんだん声が低くなった。

竹次は後ろで聞いていて、内心、苦笑した。

どうせ口からでまかせにちがいない。だが、かなりの部分が的中している。まぐれ当たりというものだろう。

「富士の裾野だってよ。かわいそうになあ」

鯖吉の年老いた父親が涙をぬぐった。

「そのままにしておくわけにはいかねえよ」

「そりゃそうだ。このままでは浮かばれねえもの」

皆で掘り出しに行こうということになった。

だが、富士の山には女は登ることはできない。

「裾野って言ってたから、かまやしねえよ。どっちにせよ、もう、バチなんか当たったってかまうもんかね」

洋七の女房は自棄《やけ》気味である。

「おいらもつれてってくれ」

清作も行くと言い出した。

「清作が行くなら、あたしも」

おみつもおかみさん連中にすがった。

だが、どんな危険があるのかわからない。娘や子どもを連れていくわけにはいかない。

清作は竹次を見ている。

すがるような目である。清作の気持ちは痛いくらいにわかるが、迷惑である。

竹次は後悔していた。

あの死体を発見したときに、この長屋から姿を消してしまえばよかったのだ。そうすれば、こんなごたごたにも関わらずに済んだはずである。こうしたことに関われば、必ず自分を追っているような連中とつながっていくのだ。

だが、ついこの長屋に戻ってきてしまった。理由はわかっている。どこかでこの長屋が恋しかったのだ。

竹次は江戸に出てくるまで、人という生き物が怖かった。だが、人の中に交じって生きなければならないこともわかっていた。

この長屋で暮らすうち、人への脅えは徐々に消えていった。

山や森での暮らしは清澄だった。ときには過酷だったり、荒々しかったりもしたけれど、透明で偽りの気配はなかった。

それにくらべて、人の世界は猥雑《わいざつ》だった。どっぷりと濁り、偽りに満ちていた。

ところが、嫌悪すべきはずの人の暮らしが、山や森の暮らしよりもいきいきとし、ぬくもりのようなものまであった。

竹次をそんな気持ちにさせてくれたのも、この長屋の連中のおかげだったのだ……失ってしまったいま、つくづくと思った。

竹次はこの二年のあいだ、幸せだったのだ！

だが、竹次はこうも思った。

――人間が二年ものあいだ、幸せでいられたなどというのは、夢のようなことなのだ……。

夢のようなことなら、当然、終わりがくる。そろそろ、そういうときなのかも知れなかった。

「竹次あんちゃん……」

「わかってる」

「行ってくれるんだろ」

昨日あたりから竹次のようすがおかしいのに不安を覚えているのだ。子どもながらの勘が働いているのだろう。

「もちろんだ。行ってくるさ」

やはり行かざるを得ない。もはや身体のきく男は竹次ただ一人といってもいい。その竹次に頼ろうとするのも当然だった。

本当は関わりたくないが、さんざん世話になった。ここで行かなければ、どこかで死んだ清兵衛に顔向けできないという気持ちがある。さらに、あの世で姉のサチにも叱られるような気がする。

竹次は、鳶の竹次になりすますようになった二年前のことを思い出していた。

江戸城西丸において大御所吉宗を暗殺したあと、そのころコノハズクと呼ばれていた陣内滝之輔《じんないたきのすけ》は、山王祭りの騒ぎにまぎれて、城の外へ逃れた。そこから陣内滝之輔は江戸の町のもっともごみごみしたあたりに向かった。そのあたりが深川と呼ばれる土地であることは、だいぶ経ってから知った。

陣内滝之輔はそこで、自分とよく似た男を探した。

あとになって、そんな智慧《ちえ》がどこから湧き出たのかと自分でも不思議だった。だが、陣内滝之輔は、自分の身代わりを探したのである。

五人いるところに一人増えて六人になったら、お前は誰だということになる。だが、五人のうち一人がいなくなって一人増えただけなら、数の上からは問題にならず、調べの手も入らない。ただし、その身代わりが不自然にならなければの話である。

　十日ほど深川界隈を歩きまわるうち、

「おめえ、竹次じゃねえか。昼間っからこんなところで何をやってんでぇ」

と声をかけられた。

「竹次？」

「そう、鳶の竹次だろ……」

と言い、おやという顔になった。

「やっぱり人まちげえか。額のほくろもねえしな」

「その竹次というのは、もしかしたらおれの兄さんかも」

陣内滝之輔は咄嗟に嘘をついた。何としてもその竹次という男の居所を知りたかった。

「鳶の竹次だよ。たしか冬木町の裏長屋あたりに住んでいるはずだぜ」

この話から、陣内滝之輔は深川冬木町の長兵衛長屋に住む鳶の竹次を見つけ出した。

昼間は頭から菰《こも》をかぶり、乞食のふりをしながら竹次の暮らしを探った。

竹次という男は、あまりいい性格の若者ではなかった。

隙さえあれば誰かをだまくらかし、自分が得をしたいという性分だった。そのためには誰に嫌われようが平気であり、友だちだってたやすく裏切ってきた。

仕事はできた。陣内滝之輔と同様、小柄な身体で、といって細身の筋肉は力があり、鳶職という仕事をそつなくこなすにはぴったりの身体をしていた。

この竹次と自分が似ていることも確かめた。

竹次と同じ恰好をして、一足先に長屋へ帰り、竹次の家に出入りしても、長屋の連中は誰も疑わなかった。

さんざん竹次の暮らしぶりを眺めたうえで、陣内滝之輔は計画を決行した。鳶の現場ですばやく竹次を殺害すると、重りをつけて川に沈め、滝之輔自身は高い足場から落ち、額を打って気絶した。

意識が戻ったとき、竹次はほとんど過去のことを覚えていなかった。

また、顔がゆがむほどの大怪我であり、地面にすれてできた傷のため、ほくろのあった額のあたりは傷が治っても赤く爛《ただ》れたようになっていた。

こうして、陣内滝之輔はコノハズクから鳶の竹次に成り変わったのだった。

だが、ひょっとしたときに滲み出る性格ばかりは変えようがない。

竹次が怪我をしたあと、まるで性格が変わったというので、じつは別人なのでは

ないかと言い出した者もいた。だが、

「馬鹿野郎。あんな高いところで作業ができる別人なんているもんか。高いところの仕事は素人が思うほど簡単なものじゃねえんだぜ」

という清兵衛の言葉に、誰もが納得した。

何にせよ、竹次の性格は悪くなったのではなく、よくなったのだから、長屋の連中にしたって大歓迎であった。

その竹次はいま、旅支度を終えて、

「じゃあ、出発しますかい」

同行する長屋の人たちに声をかけた。

おかみさん二人と男の年寄り二人——そば屋の洋七と、貸本屋の文六の女房、それに鯖吉の父親と、近くに住んでいた三平の兄が同行するのだ。

「ああ、行こうか」

長屋の人たちに見送られて、出発した。どうせ絶望的な状況しか予想できないため、笑って見送る者もいない。皆、しおたれた表情で手を振っていた。

一町ほど歩いたところで、ごろつきのような男三人とすれ違った。

見知らぬ男たちである。高そうな着物を着ているわりには、三人とも見事に品がない。

竹次はなんとなく嫌な予感がした。

吉田から富士の裾野へ出た。

登山客は浅間神社に参ってから頂上への道を進むが、女づれの竹次ら一行はその道を行けない。富士を右手に眺めながら、森の中へわけいった。

深い原生林である。宝永の大噴火のときはかなりの森が焼け野原になったが、五十年という年月は森の回復に充分だった。深い森は、竹次にとって懐かしい故郷でもあった。

だが、いくら故郷のような森でも竹次は正直、早く帰りたい。こんなところをうろうろしていると、先日のように危ない連中に出くわしかねない。

裾野をさまようように歩いていく。

一口に裾野といっても、果てしなく広い。

木陰も多く、風も吹き抜けていくが、それでも暑い。ついつい竹筒の水を飲みすぎてしまうが、裾野にはところどころ湧き水が出ていて助かった。

長屋にいるときは亭主とケンカばかりしていたおかみさんたちも、いまは亭主が恋しくてしかたがない。まず、諦めさせるのは難しいだろう。

それなら、早めに見つけてやったほうがいい。

「そういえば真眼斎先生は、岩がごろごろしているあたりだったと言ってましたぜ」

と竹次は言った。

本当はそんなことは言っていない。だが、そうやって一行を巧妙に導いていかなければ、裾野を永遠にさまよう羽目になる。

例の岩場が見えてきた。鴉も群れをなしている。

さすがに異様な雰囲気を感じているらしい。

「あ、こっちから何か臭う」

さりげなく、埋まっているあたりに連れていった。

実際、ひどい臭いである。

ついに最初の死体が現れた。

「あーっ」

ここまで気丈だった洋七の女房も、岩場に腰を抜かしてしまう。

「誰だろう」

鯖吉の父親が恐る恐る近づく。

「せがれだ……」

この前、来たときよりもっとひどいことになっているが、そこは父親だけに頭のかたちなどから判断したのだろう。

「これは……あの人の……」

文六の女房の悲鳴もあがった。亭主のふんどしがあったのだ。

あとは、続々と死体を発見していく。

遺骸はずいぶん鴉に突っつかれていて、白骨化しはじめている遺体もあったが、なにせ十二体もあるので、すべては食い切れなかったらしい。

身体つきや、持ち物などから、なんとか十二の遺体の区別もつけられた。

「とりあえず茶毘《だび》にふすことにしようや」

鯖吉の父が言い、枯れ枝などを集めてきて、別々に焼き出した。一カ所にまとめれば効率はいいが、とても運べるような遺体ではない。

幸い、火付きもよく、なんとか茶毘にふすことができた。

骨を拾う段になって、竹次はていねいに骨を調べた。

まず、洋七の遺体から、変わったかたちの手裏剣が出た。棒型である。先が矢尻のようになっていて、刺さると抜けにくい。だが、かなり小さい。一撃で人を殺すのは不可能だろうが、狙いは正確につけられる。四、五発くらううちに、闘志も失せてしまうはずだった。

これは下手人探しの手掛かりになるだろう。

次に、清兵衛の歯の隙間からキラキラ輝くものが出た。ほんのかけらのようなもので、嚙んだものがはさまってしまったのではないか。

――これは……。

竹次はそっと懐に入れた。かすめようというのではない。ここで騒ぎを起こしたくなかった。

――富士山麓に金が……。

竹次はようやく、連中が殺された理由を察知したと思った。

「煙があがっているぞ」

と星野矢之助が四合目あたりから麓を見下ろして言った。

幾筋かの白い煙である。

ふつうの人たちは見逃しても、このあたりに注意を向けている忍者は見逃さない。

「あそこは、甚作と霧丸が富士講の男たちの遺体を隠した場所……」

と、いま星野といっしょに動いている三右衛門《さんえもん》という忍びが言った。まだ二十代半ばの若い忍びだが、これから経験を積めばかなり腕をあげるだろうと言われている。

「そうだ。どうやら見つかったかな」

「だが、あそこらは人が近づくことはまれな場所です。こんなに早く見つかるとは……やはり忍びでしょうか」

「だが、あんなふうに煙をどんどんあげてるなんて、忍びのやることとは思えぬな」

星野は少し不安である。

どうも、相手の正体が読みにくいのだ。

「とりあえず、近づくことにしましょう」

三右衛門は先に立って歩き出した。

岩が林立するあたりで煙があがっている。かなりの数の鴉が遠巻きにこれらの煙を眺めている。

星野矢之助と三右衛門は、半町ほど離れてようすを窺《うかが》う。

年寄りの男が二人と、町人の女房ふうの女が二人。これに敏捷《びんしょう》そうな身体つきの若い男がいるだけである。

その若い男がちらりとこっちを見たとき、星野は仰天した。

——あの男は……！

目を疑った。

吉宗を殺した刺客を見つけたのだ。忘れようとしても忘れられない。小柄な身体、だが引き締まった筋肉が全身を被っている。それともっとも特徴的なきょとんとした目つき。あのときはいかにも山猿のような恰好をしていたが、いまは職人ふうにこざっぱりしたなりである。

それでも独特の雰囲気が漂う。一目であのときの男だとわかった。

「どうしました？」

矢之助がハッとなったのに気づいたらしい。

「知っている男だ」

「あの若い男ですか」

三右衛門もきびきびした動きが気になっていたのだ。

「そうだ……なんということだ、あの男が関わってくるなんて……」

星野は二年前、江戸城西丸大奥で目撃したことを語った。

「あの男が大御所を……！」

三右衛門も目を見張った。それには、あんな若造がという驚きも混じっている。

「なぜ、そんなヤツが富士の金塊に関わってきたのでしょう？」

「わからぬ」

星野はまだ呆然としている。

「それほどの男なら、鷹兵衛と砂二郎を殺《や》ったとしても不思議ではありませんな」

「ああ」

星野は不安げにうなずいた。

「どうします、その男もふくめて奴らを全員消してしまいますか？」

「さて、やれるかな……わしと、そなたと二人で」

と星野が言うと、三右衛門は誇りを傷つけられた顔をした。

星野矢之助にはお庭番や伊賀者とちがって、あの者に対する恨みも、仇を討とうという気もない。

それよりも、同じ忍びとして正体を知りたい。

どこからつかわされた刺客だったのか……。

「あとをつけよう。ヤツの居場所は知っておきたい」

おかみさんたちはあられもなく泣きじゃくっている。とてもくノ一などには見えない正真正銘の長屋のおかみさんであり、老いぼれた年寄りたちである。なぜ、そんな連中とあの男がいっしょなのか……。

星野矢之助には見当もつかなかった。

竹次たちは途中、二泊して深川冬木町の長屋にもどった。

いっきに帰りたかったが、おかみさんや年寄りたちが落胆のあまり歩みが遅くなっていた。

ときおり後方を確かめながら来た。だが、追って来ている者がいて、その者が忍者であれば、こちらに気づかせることもないだろう。

竹次たちがすでに暗くなった長屋の路地に立った途端、迎えた連中は皆、原因はともかく、どういう事態になってしまったかを悟った。竹次らは、途中で買った小さな骨壺や遺品を首からぶらさげてきたからである。

泣き崩れる人たちを見回し、

「清作は？」

と、竹次は訊いた。おみつも出てきていない。

「ごめんよ。ヤクザ者らしいのが三人も来て、どうしようもなかったんだ」

留守番のおかみさんが泣き崩れた。

「清作がどうかしたんで」

「清作はちょっと怪我をしたくらいなんだけど、おみっちゃんが……」

証文のかたに、ごろつきたちが連れて行ってしまったらしい。

清兵衛の家に入ると、一階の奥の部屋に清作は寝ていた。

「大丈夫か」

竹次は枕元に座り、額に手を当てた。熱はない。

「ああ、おいらは平気だ。でも、姉ちゃんが」

怪我もたいしたことはない。それよりも精神的な衝撃でぼんやりしてしまったようだ。

「どこの連中だった？」

「それが見たこともない奴らで」

「くそっ……」

もしかしたら、出かけるときすれ違った奴らがそうだったのかも知れない。

あのとき、戻ればよかったと、竹次は悔やんだ。

「清作、大丈夫だ。おれがおみつを助ける」

「頼むよ、あんちゃん」

清作は元気なくうなずいた。どこかで、もう諦めがはじまっているような顔だった。

今後も、この長屋の連中にはさまざまな苦難が押し寄せるだろう。

一家の大黒柱を失い、娘ばかりかおかみさんも身売りするはめになったり、清作だって路頭に迷うだろう。

——清兵衛らの最後の願いをかなえてやるか……。

最後の願いとは、金である。金があれば、残された連中もとりあえず、ひどいことにはならずに済む。

竹次の胸に決意が広がった。

だが、その前におみつの行方を探し出さなければならない。

——今日はもう、無理か……。

悪党たちだって、一人前に眠りにつく。いちいち叩き起こして歩いても、騒ぎをつくるだけに過ぎない。明日早くから動きまわることにした。

竹次は疲れ果てて、自分の家に戻った。音を立てて、仰向けにひっくり返った。

肉体的な疲労ではない。どんなに険しい山を歩こうが、力仕事をつづけようが、疲労らしい疲労など感じたことがなかった。

今晩は長屋全体がお通夜のようになるだろう。すでに読経の声も流れてきている。

竹次は出入口に絹糸を結び、足首につないだ。ふいの闖入者《ちんにゅうしゃ》に対応するためである。

今度の旅で、誰かにつけられている可能性は高い。当分、張り詰めた神経のまま、眠らなければならない夜がつづきそうだった。しかし、よく考えてみれば、それこそ本来の自分の眠りだったのである。


一夜が明けた。

竹次は井戸端に出て顔を洗い、飯を炊いた。

長屋のほぼ全部の家から線香の匂いが流れ出てきている。坊主が順繰りにお経をとなえてまわっていた。

今日は丸一日かけて、おみつの行方を探すことにした。

そのためにまず、清兵衛の仕事先に向かった。

清兵衛は本所のはずれにある大規模な寺の建て替えを請け負っていた。竹次は棟梁の下で若頭のような役割で助けてくれと言われていた。

職人を確保するのに手付けを打った。その金をどこかで調達したのだろう。

寺の住職が何か知っていそうだった。

境内に入ると、小坊主が庭の掃除をしている。禅寺ふうにつくられた庭だが、カエルやタヌキの置物があったりして、あまり品はない。

「ご住職は？」

「本堂じゃないかい」

口の利き方も知らない。

だが、後ろから、

「了然《りようねん》、しっかりやれ」

と叱責されると、急に身体を固くした。

「あ、了運《りよううん》さまだ」

どうやら住職らしいが、坊主にしてはちょっと強面《こわもて》すぎる。

この住職は富札を自分の寺で主催したくて、以前からいろんな方面に働きかけているると清兵衛からも聞いていた。当然、金のことならあこぎな連中とも付き合うだろう。

「鳶の棟梁の清兵衛について訊きたいんだ」

「ああ。人づてに聞いた。富士講から戻らないらしいな」

遺体が見つかったことまでは知らないらしい。竹次はそれを言う気もない。

「それはともかく、ここの仕事をするために、棟梁は金を借りた。あんたもそこらの事情は聞いてるだろう」

「いや、知らんな」

「ふうん。おめえの寺の普請のため、正直者の鳶が借金をこささせられ、そのために娘が地獄に落ちた」

「なんだと。言いがかりか」

住職は強気である。竹次より背もだいぶ高く、上から睨みつけてくる。

「おいらの友だちに瓦版屋がいる……」

友だちというより、湯屋の知り合いである。

「そいつに話をしたら、ぜひ、書きたいってさ」

この手のヤツに限ってやたらと世間の評判を気にするのだ。

案の定、住職ははじめて動揺した。

「やめてくれ。借金の先を教えればいいのか」

「早く言え」

「両国橋《りょうごくばし》近くに店を構える口入れ屋と話をつけたのだ。だが、言っておくが、わしの知ったことではないぞ」

「なんという口入れ屋だ」

「たぬき屋庄兵衛《しょうべえ》というのが屋号だ」

いかにもうさん臭い。

「どうせ、ろくでもねえ連中だろうよ」

「そりゃあ、まあ」

住職はぬけぬけと否定もしなかった。


しばらく田舎道がつづいた。

陽射しはいよいよきつくなり、あぜ道を多少広くしたくらいの道をじりじりと炙っている。

あたりはしんとしている。

──誰かつけてくる……。

ほとんど一本道である。隠れようもない。

だが、つけてきているのだ。

振り向けば、そこには誰もいないかも知れない。あるいは、どう見ても忍者などとは関係のない百姓が、鍬《くわ》をかついで歩いているだけかも知れない。

それでも竹次は、自分の勘に間違いのないことを確信していた。

ちょっとした坂道にさしかかった。竹次は急に足を早めて駆け登った。

両側は竹林になっている。

下り坂にかかるところで、竹次は右手に飛んだ。窪地の中に姿を隠す。積もった枯れ葉をすばやく身体にかけ、息を凝らす。

左手の少し先に小さな祠《ほこら》が見えている。裏に人が隠れようと思えば隠れられる。まずはそちらに注意が向くはずだった。

追ってきた男は、竹次の姿が消えているのを見て取り、立ち止まった。

これで、自分が追ってきたことを知られているとわかったはずである。男はしばし、思案している。

武士である。

短めの長刀を一刀差している。そのわきに水筒なのか竹筒もはさんである。

歳は三十代後半ほどか。顔は丸みをおびているが中肉中背の身体で、背筋がすっと伸びた姿勢は、武道に励んだ過去を示している。

眉は濃く、二重の目は鋭い。鼻がひしゃげたようになっていた。

――この男……。

竹次の脳裏にうずくような思いがわいた。

男はなかなか動かない。

竹次はためらいもなく、さっと起き上がった。右手で忍者の武器である苦無《くない》を持ち、左の拳に鉄の輪をはめている。それだけの武器で、刀に手をかけた武士に対し、臆することなく向かっていく。

男は逆に動けない。

竹次の迫力に呑まれたかのようにじっとしている。竹次は男の真横に立ち、首筋に苦無の刃をつけた。

「わしはきさまの味方だ」

男は目だけ動かして竹次を見て言った。

落ちついた声である。命乞いの気配もない。

「おれに味方はいない。話はそれだけか」

竹次は冷たく言った。ためらいもなく、刃で首をえぐるであろうことは、その声音にも明らかだった。

「待て。おれを殺せば、長屋の連中を皆殺しにする」

「なに」

「一町先に仲間がいる。この話を聞いている」

一町先に潜んでいられたら、いかに竹次とはいえ、わからない。

「うそを言え」

「われらにつたわる秘術声渡りだ」

長刀のわきに竹の筒が差してある。水筒だと思ったが、ちがったらしい。その竹に糸がついていた。糸は長いもので、男がやってきた坂の向こうにまで伸びているらしい。

「おぬしが腕が立つのはわかる。が、あの連中などはどうやっても皆殺しにできるぞ」

と男は言った。

「……………」

竹次の表情は変わらない。

男の顔に焦りが現れる。この男はたとえ長屋の連中が殺されようが、まったく平気なのではないかと思えたのだ。だとしたら、脅しに利用するなど笑止千万なことである。

「わしらと手を組めば、連中には手を出さぬ」

つい、懇願の口調になった。

「長屋の者たちの亭主一行を殺したのも、きさまらだろうが」

「あれは仕方がなかったんだ。大事なものを見られたのでな」

「金のことか」

「知っていたか」

男は目を見張った。なぜ、金のことを知っているのか。

「直接、手を下したのはきさまか」

「それは言えぬ」

「きさまだったら、必ず殺す。それから、殺された男たちが欲しがった金をもらう。それを残された連中にやる」

「うう……あいにく、その場所がわからんのよ」

そこへ竹の切り口から声がした。

「星野、そこまで言うか」

もうひとりの男は心配になったらしい。

すると竹次が突然、無口になった。

何か考えごとを始めたらしい。よく働かない頭を精一杯働かせているような、けなげな顔つきにも見える。

「どうした、急に話さなくなったじゃないか」

耐えきれずに星野と呼ばれた男は訊いた。

「……」

「何を企んでいるのだ」

「……」

竹次がにやりと笑った。

「まさか、そなた……」

この男の声が聞こえなくなったら、不安に思うのは三右衛門だろう。いったい、どうしたのか、星野は何をしているのか、つい、確かめたくなるだろう。そして、ここを見るためにのそのそとやってくる……。

「三右衛門、来るな！」

星野は叫んだ。

だが、遅かった。竹林の左側に三右衛門の姿が見えた。

すると竹次は突然、凄い速さで竹林の中を疾駆《しっく》した。あいだをすり抜けるというより、身体が竹の幹を通り抜けていくように見えるほどだった。

星野はその後を追った。三右衛門は逃げなければ危ない。現に星野は何度か逃げろと叫んでいた。だが、腕に自信を持ち、向こうっ気の強い三右衛門が、眼前に迫る敵から逃げるはずはなかった。

真っ直ぐ、ぶつかるように竹次は三右衛門に突進した。

三右衛門は上段に構えて待ち、間合いに入った瞬間、これを袈裟懸《けさが》けに斬った
……はずであった。

だが、竹次は間合いに入る寸前、突進を止めていた。あれほどの勢いで突っ込んで来て、これほど急に止まるなどということは、人間の身体では不可能だった。

竹次は眼前の竹に手をかけ、勢いを止めたのである。

目の前を刃先がよぎった。これを見切ったうえで、一歩足を繰り出し、苦無の先を喉元に突き刺した。苦無は深々と喉を裂き、血が吹き出すとともに息がひゅうひゅうと洩れ出てきた。

「三右衛門……」

追いついた星野はあまりの呆気《あっけ》なさに絶句した。

「お前はもう逃げることもできないぜ」

竹次は言った。

「え……」

「お前が逃げれば、おれは後をつけ、お前の背後を知る。それから、お前の主まで皆殺しにしてやる」

「ううっ……」

脅しではない。しかも、実際、この竹次という男にはそれがやれるのだ。なにせ江戸城の奥深く潜入して、大御所吉宗を暗殺したほどの男である。なんという男に手を出してしまったのか。

竹次を富士からつけたのも間違いだった。鷹兵衛らを殺したのが竹次だったら、お庭番とは関係がないのは明らかなのだ。

昨日から竹次のようすを見たかぎりでは、おそらく竹次自身は好きで関わってきたのではない。

竹次が住む長屋の連中が、富士講に出たまま戻らなくなった。心配した竹次が富士に探しに来ると、鷹兵衛らと出くわした。おそらく、鷹兵衛らが警戒から先に手を出したのだろう。

竹次は、本来、ひっそりと隠れ住んでいたかったのだ。それを長屋の連中がたまたま金のかけらを見つけたばかりに、竹次は脛《すね》に傷を持ちながら、とうとう危ない場所に出てきてしまったのだ……。

「どうする？」

と竹次は訊いた。

この男はわしよりも遥かに力のある忍者だ……。

幸い、いまはまだ、わしが尾張の忍者であることを知らない。

だが、うかつに動けば、この男が言うように、すべて察知してしまうだろう。

あの方のことだけは知られてはならない。

どうすればいいのだろう？

自分の力ではこの男を倒すのは不可能ではないか。いや、おそらくただ一人でこの男を倒せる者など、お庭番にも伊賀者にも甲賀者にもいないだろう。

とすれば、この男の力を利用していくしかあるまい。

この男は吉宗を暗殺したくらいだから、幕府の権力には敵対しているはずだ。うまくすれば、尾張と同じような勢力と手を組むきっかけも生まれるかも知れない。

だが、どうやって味方に引き入れるのだ？

「か、考えさせてくれ」

と星野は言った。

忍者の常套《じょうとう》手段である。結論をできるだけ先のばしして、最良の方策を探る。

「まあ、いい。ついてこい」

竹次は歩き出した。

とりあえず、星野は竹次としばらく行動をともにすることにした。

おみつの死

三右衛門の死体を転がしたままで、竹次は急いだ。

「てめえらのせいで手間取った」

と、不機嫌そうに言った。

「どこに行くのだ？」

星野は訊いた。

「両国橋近くの口入れ屋だ。長屋の娘が、父親が殺されたために、売られようとしてるのだ」

「うっ」

後ろめたい気持ちはある。富士講の者十二人を殺したと聞いたとき、星野は、

——それは、やりすぎだ……。

と思った。いくら町人とはいえ、十二人もの人間をいきなり消してしまえば、必

ずや波紋が生じる。その波紋を誰が見るかはわからないのだ。

——わしなら、見つかった金をそっと偽物と取り替えておいた……。

そうすれば、長屋の連中のまぬけぶりが笑われるだけで終わったのである。

だが、ここまで動き出してしまったいま、どうしようもなかった。

「娘を助け出す。てめえも手伝え。話はそれからだ」

と竹次は低い声で言った。

「わかった」

星野は承知するしかない。

両国橋の袂《たもと》、広小路《ひろこうじ》界隈は江戸いちばんの盛り場になっている。この近辺で、小さいながらも店を出しているということは、商売人としてかなりのやり手であることを証明している。

その店は広小路をちょっと奥に入った米沢町《よねざわちょう》の薬研堀《やげんぼり》の近くにあった。店の前に大きなタヌキの置物がおかれていて、たえず人が出入りしている。店の構え自体は、間口二間ほどだが、客が四、五人ほど店の外に立って順番を待っていた。

竹次は星野に言った。

「順番など待っている余裕はねえ。てめえが、なんとかしやがれ」

星野にそう言うと、竹次はさっさとのれんをくぐって中に入った。

文句を言いかけた男たちに、星野はあわてて二分銀をひとつずつ握らせた。

「おう、豪気だな」

文句を言う者はいない。ましてや星野は侍のなりで刀を差しているのだ。

星野も急いでのれんをくぐった。

ちょうど前の客の話が済んだところだった。番頭が店先に座り、もったいぶった恰好で帳面をくっている。

「なんか、得意な仕事はあるのかい。いまは、版木彫りの仕事が不足してるぜ」

と番頭は竹次と星野をじろりと見て言った。

竹次はいきなり、番頭の胸ぐらを摑んだ。

「な、なにしやがる」

「おい。深川冬木町の長兵衛長屋のおみつという娘をどこにやった」

「誰だ、てめえは」

「いいから、早く言え」

「てめえに教える筋合いはねえだろうが」

番頭は居直っている。すると、ぼんやりしていた面付きに凄みのような気配が漂い出した。やはり、やわなことではいかない悪党らしい。

「じゃあ、どうやって吐かせようか」

言うと同時に竹次は摑んでいた襟を何度かまわすようにする。首がきりきりと締め上がった。

「く、苦しい」

「やかましいやい」

竹次はためらいなく、拳を番頭の顔の真ん中に叩き入れた。

鼻血が迸った。

竹次の剣幕が凄まじく、脅しではないとすぐにわかったらしい。

「わかった。どこにいるかは言うよ。でも、こっちは何にも悪いことはしちゃいねえ。きちんと証文もあるんだぜ」

「そんなものはどうでもいい。てめえを殺して、証文ごと火をつければ済むことだ」

剣幕からしてもやりかねない。

だが、星野としてはここで騒ぎを増やしたくない。この男はさらに町方の者や江戸の闇の人間たちからも追われることになる。

「待て。ここは穏便にすませておいたほうがいい。いくらだ。わしが準備する」

「おい、百両だぜ」

鼻血を流しながら、番頭が言った。

「わかった。四半刻、待ってくれ。取ってくる」

竹次は真意を探るような目で星野を見つめ、

「よし、行ってこい」

と顎をしゃくった。


星野は後ろに気をつけながら走った。

薬研堀にかかった元柳橋を渡る。堀はどんよりと濁り、暑さのためか底のほうからぶくりぶくりと大きな泡が湧いてきている。暑さに水も腐ったのだろう。臭気もひどかった。

それから、しばらく旗本たちの屋敷が並ぶあたりを早足で駆け抜けた。

竹次はついてきていない。

待つつもりであることはわかった。

口入れ屋から目を離せば、仲間やつねづね袖の下を渡している役人あたりを引っ張ってくるかも知れない。そうなれば、あの男がいかに腕が立つとはいえ、面倒なことになる。

おとなしく待っていたほうが、あの男にとっても得なのだ。

――だが、あの男はわしが仲間に居場所を知らせることまで予想しただろうか……。

いまは娘を助け出すことで頭がいっぱいで、そこまでは考えていないのではないか。

浜町河岸《はまちようがし》に出て、小川橋《おがわばし》と入江橋《いりえばし》をふたつつづけて渡り、旗本屋敷が並ぶそのうちの一軒の門を叩いた。

ここはとある旗本の別邸だった。金に困って手放したがっていたのを、ひそかに星野たちが買い受けた。

宗春子飼いの忍者たちの、江戸における拠点である。

「どなたかな」

聞き覚えのある声がした。江戸に常勤している村木多門《むらきたもん》という忍びである。

「月庵だ」

星野は茶坊主のときの名を名乗った。

右手の壁の小さな穴の向こうで目が光り、門が開いた。屋敷の中は濃い緑の木々で満ちている。

敷地は三百坪ほどもあろうか。商人の隠居屋を大きくしたような屋敷である。門から玄関までは曲がりくねっていて、庭中に強い花の香りが満ちていた。

「どうした？」

村木は星野の背後を警戒しつつ訊いた。

「急ぎの用事だ。詳しく説明しているゆとりはないのだが、百両すぐに用立ててもらいたい」

「わかった。少し待て」

こんなときはいちいち詮索はしない。いくら藩の財政を傾けた宗春とはいえ、まだかなりの資金を隠し持っており、百両くらいの金はつねに準備してある。

いったん奥に行き、すぐに戻ってきた。

「星野。三右衛門といっしょではなかったのか」

「三右衛門は殺された」

「なにっ」

「詳しい話はあとだ」

「いまは、どこに？」

「深川冬木町の長兵衛長屋というところにいる」

「こっちでも見張るか？」

ひそかに星野を支援しようかというのだ。

「それは必要ない。何か起きたら、そこへ報せてくれ」

星野はそう言うと、百両の包みを腹に入れた。


夕暮れどきが迫っている。

おみつは柳橋《やなぎばし》の料亭『いしかわ』の二階にある立派な部屋の中に座って、川面を忙しく飛びまわるコウモリを眺めていた。

この料亭はたいそう大きな構えで、建物自体もふんだんに金をかけたつくりであることが一目でわかる。

廊下に面した襖《ふすま》の絵柄などから察するに、二階には四つか五つほどの部屋が並んでいて、この部屋は階段のすぐ前に位置していた。

芸者も置いているらしい。どこかから三味線の音も流れてきている。ときおり、華やいだ歌声も混じる。

——あんなふうに歌ったりするなんて、ここは楽しいところなのかしら……。

数年の見習いを経て、芸者になるのだと言い含められてきた。いちばんの気掛かりは弟の清作のことだが、ひと月ほどは無理だが、小間使いの見習いとしてここで引き取ってあげてもいいと言われている。

ひと月も清作の顔を見られないのは心配だが、しかし、長屋のおかみさんたちがきっと面倒を見ていてくれるにちがいない。

——それに竹次さんだって……。

また、竹次の顔が浮かんだ。ここに来てから何度も竹次の顔が浮かんでは消える。

——これから、どうなるのだろう。

不安がこみあげる。実際、おみつはこうしたことは何もわからない。こんなところの芸者は表向きは芸だけを売ると称しているが、もちろん身体も売る。そんなこともわからない。

静かに襖が開いた。

思わず身を固くしたが、入ってきたのはここのおかみさんだった。

おかみさんの歳は三十半ばくらいか。きれいな人だが、目が落ちつかなく動く。通りに目を向ければ、過ぎていく人の顔を一人ずつ値踏みするように目まぐるしく動く。それが嫌な感じだった。

「いいじゃないか」

おかみさんはおみつをじろじろ眺めまわした。

夕方までは離れ家のほうでぼんやりしていたのが、突然、急き立てられて風呂に浸からされ、これまで着ていた着物を取り替えさせられた。

着せられた着物はもっと子どもっぽくて、丈もつんつるてんだった。

おかみさんは、満足げにおみつの尻を叩いて、

「あんたは吉原に持っていってもいい値で売れたね」

と言った。

「吉原……」

その言葉を聞いて、急に震えがきた。

だが、おかみさんはおみつの気持ちなど斟酌《しんしゃく》することはない。

「大丈夫だよ。優しい人だから」

窓の下には大川が流れている。向こう岸の明かりが、水面できらめき出していた。

江戸では雨は降っていないが、どこか上流のほうで雨があったのか、水量は上がっている。流れも速い。

――飛び込めば死ねる。

あっという間に川底に引き込まれ、下流へと流される。苦しいかも知れないけど、そう長いあいだではないだろう。竪川《たてかわ》に浮いた女の人を見たことがあるが、穏やかな表情をしていた。ずっと苦しいなら、あんなに穏やかな顔にはならないはずだった。

だが、竹次の寂しそうな笑顔が浮かんだ。もう一度だけ会いたい。

――なぜだろう？

長屋の皆が言っていたけど、竹次さんはあの怪我からずいぶん変わった。

本当に二年前までの竹次は、べらべらとよくしゃべる凄く嫌なやつだったのだ。まだ胸だって小さかったあたしのことを嫌らしい目つきで眺めたりした。

でも、いまの竹次さんは眩しそうに目を細めて、あたしを見てくれる。前みたいにからかうような冗談もまったく言わない。最初の言葉を少しためらいがちに口にする。そんなところも好ましかった。

「よう、待たせたな」

男の声がした。

おみつはドキリとして振り向いた。太って脂ぎった男だった。おみつは太った男が嫌いだった。一所懸命働いてきたら、こんなに醜く太ることはないし、脂だって汗で流れ落ちてしまう。きっと楽なことだけして生きてきたような人なのだ。

「初物だって？」

「今川《いまがわ》屋の旦那。まあまあ」

おかみさんが目配せした。

「怖がらせちゃいけませんよ」

「そうだな。あ、そうそう。面白い根付をつくったんだ」

今川屋の旦那は小さな人形のようなものを見せた。根付というのは、煙草入れなどを帯にとめるための道具で、これを凝った細工にするのが金持ちのあいだで流行していた。

「ほら、男と女がいいことしてるんだ。ほら、男のあれを見てごらん。ここは象牙じゃなく、黒水晶を使ってるんだ。凝ってるだろ」

なにをつまらないことを言ってるんだろう。そんなものは見る気にもなれない。

おみつは目をつむった。情けなくて涙があふれてくる。泣くまいとしても涙は止まらない。

いつかこういう日がくるのは、ずいぶん前から知っていた。いくら晩生《おくて》だって、否が応でも耳に吹き込むような友だちはたくさんいる。

でも、こんな人にされなきゃならないなんて……。

ザーッという音がし出した。激しい夕立だった。

窓のてすりに当たった雨がしぶきになって頬にかかった。おみつはおかみさんが急いですだれを下ろすのをぼんやり見ていた。

男が耳元で何か言っている。だが、雨音で聞こえない。いや、こんな男の声など、聞きたくもなかった。


半刻ほどして夕立はあがった。

料亭『いしかわ』の前に、竹次と星野ともう一人、口入れ屋『たぬき屋庄兵衛』の番頭が立った。

番頭はひどい顔をしている。右目と鼻がふくれて黒ずんでいる。明らかに殴られてできた怪我である。道々聞いたところでは、店主の庄兵衛というのは元岡っ引きで、

「てめえら、無事じゃ済まねえぜ」

と脅した。

竹次はその返事に、もう一発、鼻づらに拳を叩きこんだのである。

「まあ、番頭さん。いったい、どうしたっていうの……」

おかみが番頭の顔を見て驚いた。

「そんなことはどうでもいい。百両そろったんだ。済まぬがあの娘は帰してやってくれ」

「えっ……」

おかみは青くなった。

ちらりと二階を見る。いまごろはすでに存分に弄《もてあそ》ばれてしまっているだろう。

その分はどれだけ返せばいいのか。

おかみがぐずぐずしているのを見て、竹次は雪駄《せった》を脱いだ。

二階に上がろうとする。

そんな竹次におかみがすがりついて、

「ちょ、ちょっと、お待ちを」

「待てねえ」

「いま、すぐ、呼びますから」

「やかましい」

玄関先はちょっとした騒ぎになった。

その声を二階のおみつが聞いた。ぐったり横になっていたが、竹次の声に飛び起きた。

襖を開け、階段の上がり口から玄関先を見た。

間違いなく竹次がいた。

急いで顔を隠す。

「百両そろったんだ。文句があるのか」

と竹次は言った。

——竹次さんが百両をなんとかしてくれた……。

それならここから帰してもらえる。

あと少し早かったら、どんなに喜んだことか。

——でも、遅かった……。

悲しみがおみつの胸をふさいだ。

さっきは、竹次の顔を思い出して死ぬことを思いとどまった。だが、いまは竹次の顔を見たら、恥ずかしくて生きていけないだろう。

おみつは窓から身をひるがえした。

真っ黒い水はくぐもった音を立てただけで、若い女の身体をすいと飲み込んだ。

この突然の行動に、横になって煙草を吸っていた今川屋の旦那も仰天して、

「あっ、誰か来てくれ！」

と叫んだ。

「どけっ」

この声に竹次はいっきに階段を駆け上がった。

「どうした？」

「お、女が川に飛び込んだ」

「おみつか？」

竹次は振り向いて、おかみに訊いた。

おかみは震えながらうなずく。

川面を見る。真っ暗でわからない。さっきの夕立で水量も増えている。

それでも竹次は窓から川に飛び込んだ。

見た目よりもさらに流れは速い。大川の重さが身体にのしかかってくるような感じがする。右手からは神田川の流れも入り込んできている。

川から目だけ出して、下流をうかがう。人の頭は見えない。女物の着物の柄でも見えないかと目を凝らす。だが、暗いうえに、このあたりに並ぶ料亭の明かりが反射して見えにくい。

「おみっちゃん！」

竹次は叫んだ。何度も声をかぎりに。

おみつが聞いたら驚いただろう。この二年間で初めて聞く竹次の大声である。

だが、返事はない。もう、すでに一町ほども流されてしまったのだろう。

流れに乗って下流に泳ぐ。二町、三町。おみつの影もない。

今度は潜ってみる。真っ暗である。手をかきまわせば、着物の端でも触れないかと、祈るように潜りつづける。

「いたか」

星野の声がした。竹次に遅れて飛び込んできていた。

「駄目だ」

それでもしばらく、諦め切れずに周辺を泳ぎまわる。

「くそっ。あの野郎！」

竹次の怒りがふいに、『いしかわ』にいた太った男に向けられた。一瞬だけ見たあの部屋のようすから、おみつが何をされたのかは明らかだった。

竹次は料亭にもどった。口入れ屋の番頭はすでに逃げ出してしまったらしい。だが、あんな男にはもう用はない。

「あのふやけた野郎はどこだ！」

激怒の気配は料亭のおかみも察したらしい。

「あの、三十両は引いてもらって結構ですから」

すでに旦那からもらっているというわけだ。

今川屋の旦那は部屋で気を失っていた。

「逃げようとしていたので、当て身を入れておいた」

そう言って、星野は旦那に活を入れた。

「あ、あ、あたしは何も悪くは……」

息を吹き返すと、すぐに弁解しようとする。

竹次が旦那を睨んだ。すでに視線がこのふやけた男の首をえぐっている。

「うわわわ」

気配にすくみあがった。

竹次の小柄な身体が、獰猛《どうもう》なけもののように緊張している。

「この野郎……」

呻くと同時に竹次の足が伸び、旦那の股間を蹴り上げた。

のけぞりながら、後ろの襖に頭から突っ込んでいく。

「ひぇーっ。ひぇーっ」

泣き声とも悲鳴ともつかない。着物のあいだから小便の染みが広がりつつある。

小便には途中から血が混じり出してきた。

竹次には、股間にぶらさがったものだけでなく、茎の部分までつぶしてやったのが感触でわかっていた。もはや、初物どころか、女を楽しむなんてこともできなくなっているはずだった。


星野は竹次と並んで歩いている。

大川沿いの道だが、竹次はもう川面を未練がましく見ることはない。いまから助けあげても無駄だと諦めたのだろう。

凄まじい怒りがひりひりと伝わってくる。

この怒りを鎮めることなどできないだろう。

——逃げたい。

だが、逃げればたちどころに斬って捨てられる。

星野はいま、尾張忍者の実質的な頭領である。それが、この若者にすっかり気圧されているのも情けない。

「いいのか。遺体をあげてやらなくても」

「………」

返事はない。

「浮かばれまい」

と言いながら、星野は言えた義理かと思う。

「………」

無言で竹次がこっちを見た。やはり、そう思ったのか。

だが、竹次は口を開き、思いがけないことを言った。

「おれがお前の顔を見忘れたとでも思っていたのか」

「えっ」

衝撃が走った。

「おまえは、西の丸の茶坊主だったろうよ」

「なんと」

知っていたのだ。やはり、この男は西の丸のようすをすべて知ったうえで、あの暗殺を決行したのだった。

尾張忍者

本所と深川の境にあたる竪川沿いの道を、竹次と星野矢之助は歩いている。一の橋を過ぎたころから、歩く速さが落ちた。一歩一歩踏みしめるような、ゆっくりした歩きになっている。

おみつの死によって、竹次の決意はますます強くなっている。こうなったからには、絶対に長屋の連中やおみつの仕返しをし、清兵衛たちが最後に望んだ夢をかなえてあげるつもりだった。

一方、竹次の異様な気配に、星野矢之助は不安だった。先ほど、自分の正体を見破っていると告げてから、ずっと口をつぐんでいるのだ。竹次は怒っている。それは凄まじい怒りで、何尺か離れている星野の肌にもひりひりとつたわってくる。鳥肌が立つ。この男の怒りは、真っ赤な炎のような激情にはならない。冷たい青い怒り。おそらく怒りの理由が深い悲しみにあるからなのか。

——いつ、斬りかかってきてもおかしくない……。

もちろんそのときは、三右衛門のように真っ二つにされるだろう。

——しかも、竹次はおれが西丸に茶坊主として入っていたことも知っていた……。

それなのに、いままで平気でいっしょにいたというのはどういうことか。普通に考えれば、自分をお庭番ではないかと疑うのではないのか。

竹次がようやく口をきいた。感情を押し殺した声だった。

「あのようなことをするときは、その前からずっと吉宗を見張るのは当たり前だ。だったら、吉宗の周囲でうろうろしてる奴の顔も覚えてしまう……」

それはそうだった。

ただ、星野矢之助は髪を丸め、いかにも茶坊主のような顔に変装していた。眉を細く剃り、瞼《まぶた》に傷を入れて二重にし、鼻骨を叩いてつぶした。また、鍛えあげた肉体の気配を消すため飯や菓子を食いまくり、いまの倍ほどは太っていた。それすらこの男は見破っていたのだ。

——こいつはやはり、けた外れの眼力を持った忍者だった……。

気づいていたのは、江戸城西丸の大奥に茶坊主としてつとめていたということだけなのか。ほかにも何か気づいたことはあるのか？

「そして、お前はおれが吉宗を殺したところを目撃し、おれの顔を覚えていた」

「え……」

星野は愕然《がくぜん》とする。

ということは、竹次にとって自分は都合の悪い存在になる。いつ、殺されてもおかしくはない。

だが、いまのところ、長屋に対する仕打ちを憎んでも、自分に対する殺意を感じないのはなぜだろう?

「そのことをおれが知らないとでも思っていたのか」

「………」

恥ずかしいが、そう思っていた。

「おそらく富士の裾野でおれを見かけた。なぜ、吉宗を殺した男がこんなところにいるのかと思った。もしかしたら、お前たちの敵になるのかも知れない。とりあえず、後をつけて、正体を確かめようとした。違うか?」

「そのとおりだ」

星野は兜《かぶと》を脱ぐしかない。

だが、この男が知らないことだってあるはずである。

「では、なぜ、わしがあそこにいたと思う？」

と星野は訊いた。

竹次はにやっと笑い、

「わかりきっているだろうよ。大御所を暗殺しようとしていたからだろう」

さらりとそう言った。

「そこまで……」

この男はそこまで見破っていたのだ。

「なぜ、わかった？」

「ときどき殺気が出ていたよ。上から盗み見してると、よくわかった」

「そうだったか……」

いくら何でも、上からのぞかれているとは思っていない。吉宗の動向を眺めるとき、そこに殺気がにじみ出ることも一度や二度ではなかったのだろう。

「だが、なぜ、茶坊主が大御所を狙う？」

星野は動揺を隠しながら訊いた。

「馬鹿か。おめえがそうやって歩いているのは、茶坊主などではなかったということだろうが」

「ううっ」

当然のことだった。

「おめえは誰から差し向けられたんだ？」

むしろ興味で訊いているふうでもあった。

もしかしたら、竹次はあのとき、ともに大御所の命を狙った者同士ということで、仲間意識のようなものを抱いているのかも知れなかった。

「それは言えぬな」

星野がそっぽを向くと、竹次はにやりとした。

「では、いい。まず、きさまが駆け込んだところは、あそこから四半刻ほどで行ってもどってこれるあたりだな」

「それがどうした」

「それでその屋敷には夏には珍しく金木犀《きんもくせい》の花が咲き誇っている」

「あっ」

星野は思い出した。

たしかにあの屋敷の門のあたりに金木犀の木が群生し、咲き誇っていた。しかも、ふつう金木犀は晩秋ごろに咲くのに、この屋敷のものは夏に咲くのだと、誰かが言っていた。

「まさか……」

袖のあたりを見た。かすかに黄色い花粉がついていて、鼻を近づけると匂った。

「これか」

「そう。いまどき金木犀が咲く屋敷など、鼻を鳴らしながら歩けばすぐにわかる。それに方角だってわかっているしな」

「なんだと」

星野は自分が青ざめているのがわかった。

「きさまが出るとき絹糸をつけたのだ」

「なにっ」

思わず、袖口のあたりを見た。

「ははは。もう、あるもんか。お前が口入れ屋にもどったときに切ったさ。一町分の長さはある。あとで確かめれば、きさまがやってきた方角はわかる」

「なんということだ……」

星野は震えあがった。

口入れ屋からの距離も方角もわかり、金木犀が匂う庭という特徴まで知られた。

もはや、あの屋敷は見つかったようなものだ。

ということは、この男ならあれが尾張忍者たちの隠し屋敷であることも突き止めてしまうだろう。

「おそらくお前も、仲間におれの居場所を告げたのだろう。今夜からは見張りもつくのだろうな」

「それはない。見張りの必要はないと言ってある」

だが、これでは見張ってもらったほうが心強かったかも知れない。

——隠しても無駄か。

星野は立ち止まった。小名木川《おなぎ》にかかった万年橋《まんねんばし》の上である。夜の川風が心地よく、闇の中にかすかに潮の匂いも混じっていた。

「わかった……。ひとつだけ訊きたい。それを言ってくれたら、わしもすべてを話す」

と星野は言った。

「なんだ」

「おぬしは誰からつかわされた刺客だったのだ?」

これは興味で訊いているのだ。だが、これを知らないと、殺されても悔いが残る気がした。それほどまで忍者として気になることだった。

「いいだろう。おれは伊賀の者」

「伊賀者だと。そんな馬鹿な」

星野は口を押さえた。驚きのあまり叫びそうになっていた。

「伊賀の上役どもは、おれを千代田の城に放ち、すぐに曲者として討ち取るつもりだったらしい。伊賀者の手柄にしようとしたのだ」

それでわかった。

神君家康公以来、将軍家の密偵として力を尽くしてきた伊賀者が、お庭番の台頭によってすっかり影が薄くなった。そこで、なんとか伊賀者の腕と必要性を改めて認めてもらおうと企んだことなのだろう。

「なるほど、そういうことか。それでお前は意地になり、逆にその嘘の命令を守って、成功させてしまったというのだな」

伊賀者の上役たちも、まさかこの小柄で無口な若者に、そこまでの力があるとは夢にも思わなかったのだろう。

「それだけではない。おれは前から吉宗を憎んでいた」

「なんと」

もしかしたらこの男は、たとえば武田とか豊臣とか、滅んでしまった家のゆかりの者なのか。

だが、竹次の答えはちがった。

「母が憎んでいた」

「そなたの母は?」

「吉宗の娘。手込めにされて生まれた娘だった。祖母も吉宗を憎み、その憎しみは母につたえられた。さらに、母は警固の伊賀者と恋に落ちた。おれの父だ。父は殺されるはずだったが、母のたっての願いで、伊賀の山奥でひっそり暮らすことになった」

「その母の恨みを晴らしたというのか」

「そうだ。こと、何か起きたときは、徳川家を打ち倒すために戦えと、幼いころから吹き込まれてきたのだ」

「それは……」

よほど激しい気性の持ち主だったのだろう。星野はむしろ、そこに吉宗の気性を見る思いだった。

そして、その気性はおそらく、表面には出にくいが、この竹次にも脈々と流れてきているに違いない。

星野は納得した。

次は自分の番である。もう、偽っても仕方がない気持ちになっている。

「では、今度はわしの話だ。われらは尾張の忍者だ」

「尾張?」

「そう、尾張だ」

「尾張というのは……」

竹次は尾張がどこにあるか知らない。

この二年、江戸で人と暮らすうち、ずいぶん新しい知識は増えた。だが、まだ誰でも知っているようなことを知らないので、笑われることがあった。

「おぬし、尾張がどこにあるのか知らぬのか?」

星野は呆れた。まったく馬鹿か利口かよくわからない男である。

「ああ」

「東海道沿いにある」

「東海道か……」

何度か通ったことがある。ただし、裏道を抜けたり、夜の街道を走ったりした旅で、ゆっくり宿場町の特徴など眺めたのは一度だけだ。

だが、そんな町は街道沿いにはなかった。

「東海道は知っているのか」

「尾張という宿場町はなかった」

どうやら国と町のちがいを知らないらしい。

「では、桑名や宮は通っただろう」

「それは覚えている。そのあいだは船に乗った」

まさしく東海道は、この間だけは船で移動するのが習わしである。

「それらの宿場があるのが尾張の国で、名古屋という大きな町に城がある。われらはその城の忍者なのだ」

星野は、名古屋という名を口にしたとき、誇らしげに胸を張った。


竹次と星野は並んで腰を下ろし、江戸の町並みを眺めている。深川から本所、それから川向こうの神田、日本橋方面まで遠く見渡せている。江戸の町は、橙《だいだい》色のあわい火の色にぼんやりと浮かびあがっていた。

二人は、深川・霊巌寺《れいがんじ》の本堂の屋根の上にいた。

誰も近づけない。

すなわち、誰にも聞かれない。

「尾張としては、お庭番が関わっていないとわかればいいのだろう」

と竹次は言った。これまでの富士山頂での経緯を星野からひととおり聞き終えたところだった。

事実、これまでの動きにお庭番は何も介在していない。

このまま、尾張が手を出さずにおけば、今後もお庭番は関わることはあるまい。

「いや。そうはいくまい。おそらく連中も何か薄々は気づきつつあるのだ」

今度の騒ぎだって、お庭番が何も知らずにいるとは考えられない。尾張忍者が富士山頂をずっと見張ってきたことも知ってはいる。ただ、何のためかがわからないので、手出ししてこなかっただけなのだ。

「お前らにも、探られれば困ることは山ほどある」

竹次はからかうように言った。

「そりゃあそうだ」

「では、お前らは何がしたいんだ。お前らの仲間を殺したのもおれだとわかった」

「われらは機会を待っているのだ」

「何の機会だ」

幕府を転覆させると聞いても驚きはしない。

「反逆か」

煽《あお》るように訊いた。

だが、次の星野の言葉に、竹次は驚きのあまり口をあんぐり開けてしまった。

「活気と楽しさに満ちた新しい世をつくる機会じゃ。その機会が訪れるまで、われらは舞台を整えておく」

「活気と楽しさに満ちた世だって」

そんな世は信じられない。

「おう。仕事を終えたら、愉快なところに行って、思い切り羽根を伸ばしたりする。毎日がお祭り騒ぎのようなもので、だから楽しくてたまらない」

そんなところがあれば、誰だって行きたいだろう。

だが、そうした謳い文句には裏がある。

「そういえば、死んだ吉宗も祭りが好きだった」

「あのお人は、魚に餌をやるように祭りを与えて、その与えることに満足していただけだ。もっと民といっしょに楽しむくらいのお方でなければ、そうした世はつくれぬ」

「殿さまが民と。そんなお方がいるか」

「たったひとりいる。尾張国に奇跡のように現れたお人じゃ」

「誰だ、それは」

「徳川宗春さまよ」

星野の顔に法悦《ほうえつ》感のような色が漂った。

「宗春？　何者だ」

「そなた、徳川宗春さまも知らないのか」

星野は宗春について誇らしげに語った。前の尾張藩主。その性は自由奔放を好み、藩の政策は、幕府の倹約を第一とする政策に真っ向から歯向かうものだった。遊廓や芝居小屋をどんどん誘致し、名古屋は江戸や大坂をもしのぐほどの華やかな町になった。

当然、吉宗はこれを憎んだ。そして、業をにやした吉宗はついに宗春を蟄居《ちっきょ》させ、政治の世界から葬り去ってしまったのである。

さらに星野は御三家の不遇についても語った。本来なら、御三家のうちから将軍を出すべきなのだ。

ところが、吉宗は自分の血筋だけで御三卿というものをつくってしまった。以後は、吉宗の直系しか、将軍の座につけないのである。

当然、尾張も水戸も面白くはない話だった。

「それで、そのお人は名古屋のお城の中に囚われの身になっているのか……」

竹次はかすかに首をかしげたようだった。

星野にはそれがなんとなく気がかりだった。


とりあえず長屋にもどって、おみつの死を清作に知らせなければならない。

清作のところにいくと、近所のおかみさんが用意してくれたらしい夕飯を一人で食っているところだった。清作の好きな豆腐汁で、いつもなら三杯もおかわりをするところだが、ほとんど減っていない。

竹次の顔を見ると、急に顔を強張《こわば》らせた。

「あんちゃん……」

何かあったとすぐに察したらしい。勘の鋭い子だった。

「姉ちゃんに何かあったんだな」

「ああ。清作、負けては駄目だぞ」

「なんだよ、何があったんだよ」

すでに泣き声になっている。

「姉ちゃんは汚されそうになったので死んだのだ」

「汚れるってなんだよ。何で汚れるくらいで死ななきゃならねえんだよ」

清作はごろりと横になり、顔をそむけた。

「おいらもそう思うぜ」

だが、自分の姉もやはりこんな場合は死を選んだだろうと思った。

竹次は、清作の家を出た。

こみあげてくるものを抑えているらしい。抑え切れなくなったときは、自分が斬られるときなのだと星野は思った。

「長屋の連中を皆殺しにした者を教えろ」

「わかった。それは教える」

「早く、言え。言わないなら、さっさと名古屋城とやらにもどって、おれを迎え討つ支度をしろ。尾張忍者ごとき、皆殺しにしてやる」

「ううっ、そこまで言うか」

いくら何でも皆殺しは難しいだろう。だが、この男一人のために相当な痛手を強いられることも間違いない。いま、この時期にそんな不毛な争いができるはずがない。

「落ちつけ、竹次。殺した者の名も教えるし、金塊もわけあたえる。むろん、隠し場所が見つかったときの話だが。そのかわり、わしらを助けてくれ」

「助けろだと」

「そうだ。ともに戦ってくれ。わしらの敵も将軍家だ。おぬしとは利害も一致するではないか」

「虫のいい話だな」

竹次は星野を睨んだ。だが、先ほどまでの激しい怒りは去っているのがわかった。われらを皆殺しにしても、金塊を得るのはいっそう難しくなる。憂《う》さは晴らすことができても、長屋の連中がおみつのように落ちていくのを止めることはできない。

そのあたりは、竹次にはわかるはずだった。

竹次は何か考えている。

なにを考えているのか星野にはわからない。

「しばらく長屋にいろ」

竹次はぼそりと言った。星野たちを助ける気があるのか、その応えはない。長屋にはひとり身だった三平の部屋など、いくつか空きが出ていたので、入るのは簡単だった。

竹次は翌日から鳶の仕事に出た。

星野がいまさら何をしようが、知ったことではないというふうだった。

ふたなり半蔵

江戸では三日のあいだ雨が降りつづいた。

ひと月ほど前に明けたはずの梅雨にもどったかのようなじっとりした雨で、炎天に焼け爛《ただ》れてしまった江戸の町はずいぶん涼しくなっている。

それでもカラリとはいかず、じめじめした空気が身体のあちこちをべたつかせる。

ここは人形町《にんぎょうちょう》の裏通りにある小粋なつくりの一軒家である。

住んでいるのは、鶴志《つるし》づという浄瑠璃《じょうるり》節の師匠だった。

その鶴志づは、昼間から内風呂をわかし、のんびりつかって、湯文字一枚で庭先に出てきたところだった。

「ああ、いい気持ちだねえ」

と、ひとりごちる。

雨のおかげで、この三日ほどは隣の倉の建て替えが休みになっていて、それも鶴志づの気持ちをのんびりさせている。その前の十日ほどは、足場を組む音や職人たちの声でうるさくて仕方がなかった。おかげでずっと、持病の頭痛にも悩まされていたのだ。

庭はせいぜい三坪（約十平方メートル）ほどの狭いものだが、きれいに植木屋の手が入っている。部屋に置かれた道具なども、かなり金がかかったものである。だいいち、町人たちの大多数は湯屋を利用しており、内風呂を持っているなどというのは、贅沢のきわみなのである。

「おそらく、面倒見ている旦那がいるのさ」

と近所の者は噂していたが、誰もその旦那とやらを見たことはない。弟子もほとんど取らず、たまに三味線を抱えて出ていくから、出張教授でもおもにおこなっているのかも知れなかった。

歳のころは、四十少し前といったところか。若い男からするといささか薹《ろう》たけ過ぎといったところだろうが、四十以降の男たちにとっては、えも言われぬ魅力を感じさせるらしい。

いまも、玄関口に立って、

「書きつけを預かってきましたぜ」

と声をかけた五十がらみの男が、出てきた鶴志づを見て、うっとりとなった。

「書きつけだって。間違いじゃないのかい」

と鶴志づは訊いた。

「いえ。こちらは、以前、麴町《こうじまち》にいたお門《もん》さんでございやしょう」

「なんだって……」

麴町は半蔵の隠し屋敷だった某大名家屋敷がある。

しかも、お門というのは半蔵門にひっかけてのことではないのか。

「誰からその書きつけを?」

「そこの床屋の角で。ずいぶん岡惚れのようでしたぜ」

預かってきた男は、舐《な》めるように鶴志づの腰のあたりを眺め、のぼせたような顔で去っていった。

鶴志づは、書きつけを開いた。

「追いかけてきた男は、深川冬木町の長屋にいる」

「なんと……」

吉宗を暗殺され、面目を失った伊賀忍者の総帥・服部半蔵は、刺客だったコノハズクこと陣内滝之輔を殺すため、必死の捜索をつづけていた。

だが、伊賀者はすでに壊滅状態である。

四天王が倒され、後継者となるはずの服部蔵人《くらんど》も殺された。

こうなると凋落《ちょうらく》に加速がつき、見るも無残な役人集団に成り下がっていた。

いま、半蔵は数人の使い走りに小用を頼むくらいで、ほとんど単身でコノハズクを追っているだけだった。

全国の山は老中や若年寄たちが山奉行や山同心たちに調べさせた。だが、怪しい者は報告されていない。

——もしかしたら、江戸に潜ったのか……。

コノハズクの天才ぶりを知っている半蔵は、最初からそう推測し、江戸の町中に、「山王祭りの夜以来、住み着いた若い男」を徹底して捜させた。

無論、この数は多い。ひとりずつしらみ潰しに調べた。

しかし、コノハズクは見つからなかった。

もはや、捜索は諦めつつあった。なにごともなければ、コノハズクはこのまま、時の流れの中に消えていくことになるのだろう。

そのとき、伊賀者も、そしてこの服部半蔵の敗北も明らかになるのである。

深川冬木町——。

あのあたりも、もう何年も探している。それらしい男は見つかってはいない。それにしても、誰が手紙を寄越したのか？　お庭番か、それとも甲賀者か。あるいは、新たな第三者が現れたのか。

誰にせよ、わしの居場所を知っているのは誰もいないはずだ。

これは、何かの罠なのだろうか？

だが、確かめにいかなければなるまい。たとえ罠だとしても、伊賀者の総帥がこれから逃げるわけにはいかなかった。

翌日、朝早く――。

半蔵は浄瑠璃節の師匠・鶴志づをよそおって、竹次の長屋にやってきた。

深川というところは、運河が縦横に流れる町である。冬木町はその運河のひとつ仙台堀《せんだいぼり》に面し、木場《きば》にも近い。この木場の繁盛で、このあたりはなかなか景気がいいと聞いていた。

この長兵衛長屋も、ちょっと見た目にもこぎれいで、そんな景気のよさが窺えた。

ただ、なにか、異様な辛気臭さも感じられた。

近所の酒屋で訊いたところでは、なんでも住人の男のほとんどが、富士講に行って事故に巻き込まれ、全員、命を落としたのだという。

おかみさんたちが憔悴《しょうすい》しているのも当然だった。

長屋には空きが多数出てきている。清兵衛がいた棟では、亭主を亡くした家族がすでに親類をたよって出ていってしまった。そこを出稽古の教室のようなものにできないかと、大家に相談することにした。

半蔵は長屋の路地に入った。すぐに足が止まった。

――あの男か……。

一瞬だけ見た男である。意外なほど小柄で、どこか気弱そうな目をしていた。その若者が印半纏《しるしばんてん》を着て、鳶の恰好で長屋の井戸の前にいた。顔を洗うところらしい。半蔵はしらばくれて近づいた。

「お早うございます」

「ああ、見慣れねえ顔だね」

若者の表情は変わらない。

「兄さんは、いつから、ここに？」

「もう五年になるかな」

嘘ではない。鳶の竹次はそれくらいここに住みつづけてきた。

「五年かい……」

では、やはり人違いなのか。それとも、ここに住みながら、千代田の城に潜入を繰り返していたのだろうか。

「それじゃ」

若者はそっけない。

半蔵は大家に出張教授の話を持ちかけながら、この男のことを探った。

「いい男だね、あの職人さん」

「ああ、竹次さんかい」

「そう。あたしはああいう小粒でピリッとした男が好みでさ」

「惜しかったね。あと二十年も早けりゃ」

大家は、いまにもかわりにあたしはどうだいなどと言い出しそうである。

「まったくだよ。ところで、気持ちのほうはどうなんだろう」

「いい人だよ。昔は嫌なヤツだったんだけど」

「昔は嫌なヤツ……」

半蔵の頭に閃くものがあった。昔は嫌なヤツ……。竹次は昔からここにいる竹次とは違っている！

コノハズクは昔から江戸にいた男に成り変わっていたのだ。だから、新たに移ってきた若い男を捜しても、浮かび上がるはずがなかった。

半蔵はとりあえず家にもどることにして、大家がゆっくりしていけと勧めるのも無視して立ち上がった。


星野矢之助は、竹次の現場を見に行き、一足先にもどってきた。

その長屋の路地で、思いがけない人を見た。

——なんと、大奥にいた年寄の須磨ではないか……。

まさかと思った。他人の空似なのだろうとも思った。

だが、あれほど奇妙な魅力を持つ女がそうそういるとは思えない。

しらばくれて通り過ぎようとしたとき、どぶ板が一枚、割れているのに気づいた。

そういえば須磨は目が悪かった。

——つまずいて転ぶか……。

星野は見守った。だが、須磨はなんなく割れている板をかわし、立ち止まっていた星野に擦り寄るようにわきを通り抜け、いったん振り向いて軽く会釈をした。

「ごめんなさいよ」

「あ、いや、別に」

星野は首を振った。

──目はどうしたのか？

まさか、大奥にいるときは盲目のふりをしていたのか。

いや、違う。星野はあのときの情景を思い出した。あのとき、年寄の須磨は竹次に蹴られてひっくり返った。ふたたび起き上がったとき、須磨は自分の手のひらや周囲のようすを呆然と見つめていた。

──蹴られた拍子で見えるようになったのか。

星野は納得した。

目のことはどうでもいい。肝心なのは、わしのことに気づくかどうかだ。あのとき一瞬だけ、わしの顔を見ているかも知れない。

だが、茶坊主のときは変装していた。髪も切っていたし、目はどんぐり眼にし、太って顔の肉はパンパンに張っていたくらいだった。

それでも竹次はわしが茶坊主の月庵だったことを見抜いた。しかし、竹次は西丸の動向をずっと見張りつづけていたのだ。

須磨は目が開いたばかりだった。しかも、あのときわしはどさくさに紛れて西丸から退出し、受けた衝撃を理由に茶坊主としても永のお暇をいただいた。須磨とはほとんど顔を合わせなかった。だから、絶対に気づくことはないだろう……。

それよりも気になることがあった。

大奥の年寄はほとんどが死ぬまで大奥に勤める。それがこんなところにいるというのはどうしたわけか。

——もしや、あの女はくノ一……。

とすると、狙いはわしか、あるいは竹次なのか。いずれにせよ、竹次には早く伝えなければなるまい。

——いや、待て……。

星野の突然の勘がその結論を思い止めた。竹次はすでに知っているのかも知れないのである。とすると、あの女は竹次の仲間だったのか。

竹次は伏見櫓で吉宗を襲ったとき、須磨を蹴倒した。だが、そんなことはいくらでも芝居でやれるのである。

だとしたら、このましらばくれていたほうがいいかも知れないのだ。

——これではうかつに竹次に告げることもできぬぞ……。

むしろ謀略戦は星野矢之助の得意とするところである。星野は肉体的にはそれほど優れた忍者ではないが、変装術と謀略戦の手腕を買われ、宗春から抜擢されてきたのである。その星野にしても、この一連の成り行きは、かなり複雑で考えなければならないことが多すぎた。

鶴志づこと服部半蔵は、人形町にある家にもどった。

あの書状が告げたのはまさに真実だった。長いあいだ追い求めていたコノハズクは、この江戸にいたのだ。

それともう一人、気になる男もいた。長屋の路地ですれ違った男である。

——誰であったか……。

なかなか思い出せなかった。

あの男はおれの顔を見たとき、さりげなさを装ったけれど、瞳の中にはわずかに驚きの色が見えた。半蔵でなければわからない些細な変化だった。

それから、すれ違うときにぐっと擦り寄って男の匂いを嗅いだ。

同時に、「あ、いや、別に」という短い言葉の声音も記憶した。

盲目になってから半蔵の聴覚と嗅覚は恐ろしいほどに鋭くなり、声音で人を判別し、犬ほどではないにせよ、つねに近くにいる人間は匂いで識別できるようにすらなっていた。

あの男の体臭と声音……。間違いなく記憶の中にあった。

これまで接した膨大な数の人間たち。その中から声音と体臭でたった一人の男を特定していく。

鶴志づは、縁側に膝を立ててすわり、庭の石を這うかたつむりを眺めながら、考え込んだ。

半刻ほど経って、

——ヤツだったか……。

と思い出した。茶坊主の月庵だった。

だが、半蔵にはまたわからないことが出てきた。

なぜ、コノハズクと月庵がいっしょにいるのだろうか。まさか、月庵はコノハズクの協力者であったというのか。

こればっかりはいくら考えてもわからなかった。

逆襲

富士を見張る尾張の忍者は、夏場は半月ごとに交代する。寒くなると体力の消耗が激しいので、五日ほどで交代する。

ただし、真冬のあいだはさすがに頂上付近までは行かない。麓から頂上を見張るだけである。真冬の富士山になど登るのは、鍛えあげた忍者ですら至難の業だったし、そもそも近づく者もいなかった。

彼らは交代するときも直接、尾張には向かわない。いったん江戸に入って、つけて来ている者がないかどうか確かめてから、東海道を尾張に向かう。

この日の大石鬼三郎《おおいしきさぶろう》と菊地源斉《きくちげんさい》もそうだった。

二人は山伏姿で富士から江戸に向かっていた。

つけられているのに気づいたのは、大月《おおつき》から猿橋《さるはし》にかかるころだった。

「何人いる?」

大石鬼三郎が訊いた。

鬼三郎は身長六尺をゆうに越える。怪力で、素手で家一軒を完全につぶしてしまったこともある。

「いまのところ二人だな」

菊地源斉は後ろを振り返らずに応えた。

源斉は小柄な老人である。ただし、敵を前にすれば、もっとも多くの敵を殺傷するだろうと言われている。なぜなら、源斉は火薬をあつかう名人なのであった。

鬼三郎と源斉は、つけて来る者たちを逆につかまえて真意を探ろうとした。

「武州八王子に入ったあたりでやろう」

八王子は甲州街道でも指折りの大きな宿場になっている。

「それがいい」

八王子に入ったときは夜になっていた。木戸が閉まりかけていたが、二人はぎりぎりですべりこんだ。

振り向くと誰もいない。さっきまでは確かに怪しい二人組が見え隠れしながらつけてきていたのだ。

「迷ったかな」

鬼三郎は馬鹿にしたように笑った。

宿場に入ってすぐ、わき道に入り込み、消火用の大きな水桶の裏に飛び込んだ。

「ここなら、木戸をくぐってくる者も確かめられるな」

と鬼三郎が言った。

「ああ」

「とっつかまえて、さんざん殴りつけたうえで白状させよう」

鬼三郎は人を殴るという行為がたまらなく好きなのだ。

「殺しちまうなよ」

鬼三郎の残虐な性癖を知っている源斉は、眉をひそめながら言った。

そのとき、上から笑い声が降ってきた。

「ははは、誰がお前らなどに……」

「げっ」

鬼三郎と源斉が飛びすさると同時に、大きな水桶が割れた。

「なんと」

中から二人の忍者が現れた。

いつの間にか二人を追い抜き、この中に潜んでいたのだ。二人とも体格はさほどでもないが、すでに手裏剣を手にしている。

もっとも大事な先手は、敵に取られたことになる。

「二手にわかれよう」

「そうだな」

言うと同時に、左右にわかれて走った。

源斉は田んぼ道に走り込み、畦《あぜ》のわきを流れる小川を泳ぎながら逃げた。川は水量もあり、かなりの速さで下流へ流れた。

川は多摩川に入り込み、源斉はそのまま流れを下った。どうやら鬼三郎が捕まったらしいと知ったのは、浜町河岸に近い隠れ屋敷に逃げ込んでからだった。


源斉が江戸に逃げ帰った翌日、高田の馬場に近い尾張藩の下屋敷にある大きなケヤキの木に鬼三郎の死体がぶらさがっているのが発見された。拷問による傷だらけで、目から血が涙のように流れていたという。

その話を聞いた源斉は、

「ついにお庭番が、尾張の忍者がなぜ、富士を見張りつづけてきたのか、本気で探り始めたのだ」

と隠れ屋敷の仲間に言った。

当然、鬼三郎は拷問をうけ、白状を迫られたはずである。

「わしは単なる修験者。そのような者ではない」

これが源斉だったとしても、そう応える。想像を絶する拷問になっただろう。死んでしまったほうが楽なほどの。しかし、自殺はできないのだ。自殺すればやましいことがある証拠となってしまう。

こういうときは苛《せ》め抜かれて死ぬのがいちばんいいことなのだ。それにしても拷問はつらい。

鬼三郎は考えたはずである。自然死をよそおって死ねる方法はないものかと。

おそらく鬼三郎は痛みに耐えるふりをしていきみ、脳溢血を起こした。頭の血管に凄まじい圧力がかかり、破裂したのだ。ひとたまりもなかっただろう。

「受けて立とう」

話を聞いた源斉は立ち上がった。

「待て。軽々に行動するのはまずい。星野矢之助はつねに、火がついても燃え広がらないようにしろと言っておるではないか」

「しかし、鬼三郎の復讐だけはせねばなるまいて」

いっしょに追われ、無事に逃げ帰った源斉は後ろめたい。

「落ちつけ、源斉」

「もちろん、表立ってはせぬ」

将軍家と尾張家が争っているなどと知られたら、将軍家の恥であるばかりでなく、どんな不穏な事態が勃発するともかぎらない。

それは尾張もまた同様である。

尾張忍者をあやつるのが徳川宗春であることはすぐに悟られ、宗春の命があやうくなる。また、現藩主に知られれば、御土居下同心衆《おどいしたどうしんしゅう》と戦うことになる。それはそれで、事態が複雑になるばかりである。

たとえ、お庭番と全面戦争に入ろうが、あくまでも水面下で、世間には知られないようおこなわれなければならなかった。

「待て。まずは深川冬木町にいる星野に報せてくる」

村木多門《むらきたもん》が言った。村木はこの隠し屋敷の責任者のようになっている。

「とりあえずその返事を待とう」

村木は急いで、深川に向かった。

だが、それから二刻後。あまりに帰りの遅い村木を探しに出た源斉たちは、この隠れ屋敷からすぐのところにある空き地でなますのように切り刻まれた村木の死体を発見した。

村木は星野のところへは向かっていないし、しかも、この隠れ屋敷はすでにお庭番に見張られているということになる。

「くそっ」

源斉は居たたまれない思いだった。自分の失態が明らかになっているのだ。つけられ、この隠れ屋敷まで知られてしまった。おそらく、わしは逃げ切ったのではなく、わざと逃がされ、つけられたに違いない。

「馬鹿にしおって」

源斉は飛び出した。

気持ちがわかるだけに他の仲間も止めようがなかった。


江戸城の桜田門に近い一画に御用屋敷がある。

いわゆる桜田御用屋敷——。

町人たちにはほとんど知られていないが、とくに他藩の江戸屋敷に勤務する武士などは、首筋がうすら寒いような気持ちでこの前を通り過ぎる。ここが将軍直属の密偵たちであるお庭番の屋敷らしいということは、ときおり耳に入ってきている。

ここには、旅支度の町人らしい者たちが、しばしば出入りしているという。それが全国に散らばって、各藩の秘密を探り、たえず報告をつづけているお庭番たちであるともいわれる。

その屋敷の外の道をこ汚《ぎたな》い老人が、大きな木箱を二つ、天秤棒にぶらさげて、のろのろと山下御門のほうからやってきた。

「とぉーふぃー、とぉーふぃー」

おなじみの豆腐屋である。

「豆腐屋さん、いただくわ」

上から声がした。

屋敷の外塀は、内側にある屋敷の壁を兼ねている。もっとも屋敷といっても、こちらは長屋のようなもので、ここに暮らすのはお庭番というより、配下の者や足軽たちとその家族である。いま、豆腐屋に声をかけたのも、そんな下っぱのお庭番の細君だった。

「へ、毎度」

豆腐屋が立ち止まると、上から代金の入ったザルが下りてくる。豆腐屋はこれを受け取り、かわりに代金分の豆腐を入れてやるのである。これがいつもの商いのやり方なのだが、しかしこの日はちがった。

いつまで経っても、ザルに豆腐を入れた重みがつたわってこない。

「お豆腐屋さん、まだ、入れてないのかい」

細君は下に声をかけた。ここは道からはだいぶ高くなっていて、しかも窓には格子がはまっている。顔を出すことができないので、真下に立った豆腐屋の姿はまるで見えないのである。

「ねえ、豆腐屋さん。聞こえてるの」

怒ったように訊いた。

「………」

返事がない。まさか、代金だけもらって逃げるなどということは……。あるいは急に具合でも悪くなったのだろうか。

細君はこのことを門番に告げた。

門番は豆腐屋のようすを見ようと、門を開けた。そのとき、小柄な爺ぃが門番に当て身を入れ、いっきに中へ駆け込んだ。

「曲者にございます!」

細君は叫んだ。

本当にそうなのか、じつは確証がない。なぜなら、駆け込んだ爺ぃはあまりに貧弱で、豆腐の箱を抱え、のろのろと走っているだけだったからである。

だが、曲者という言葉に方々から屈強の男たちが出現し、門から十間も入ったあたりでこの爺ぃを捕まえた。

「何ヤツだ、爺ぃ」

誰かがそう訊いた途端だった。

返事のように爆発音が鳴った。

もちろん、これが源斉である。源斉は豆腐とともに爆死した。お庭番三人とくノ一が道連れだった。

「星野さま……」

深夜である。

長兵衛長屋の外で声がしていた。虫の鳴くような声である。鍛えられた耳でないと、聞き取ることもできない。

「どうした?」

「隠れ屋敷がお庭番に知られました」

「なんだと」

腰高障子を開けた。腹を血で染めた男が崩れるように転がりこんだ。生きているのが奇蹟というような怪我である。

星野は壁越しに声をかけた。

「聞いたか」

「聞いた」

竹次の返事がした。長屋の壁には、耳だけではなく口もあると川柳にうたわれたとおりである。

「その男、つけられているぞ」

「いや、二晩潜んだあと、ここに来ました。そのようなことは」

星野は腰高障子の隙間から外をのぞいた。

竹次の言うとおりだった。井戸の陰にかすかに黒い影が見えた。

「おれは知られていない。おれがやる」

竹次は湯屋に行く恰好で外に出た。さっと周囲を見回す。

一人、二人、三人……。

潜んでいるのは三人だけらしい。

いきなり竹次は走り出した。こうすると、敵は連中の仲間が逃げたのかと思う。竹次としては長屋で騒ぎを起こしたくないだけだった。もう、これ以上、あのおかみさんたちに、物騒なものを見せつけるのは避けたかった。

竹次は仙台堀にかかった海辺橋《うみべばし》のところでお庭番を待った。

駆け込んできた三人に次々と当て身を入れ、橋から放り投げる。落ちた堀の中に竹次は飛び込み、止めは水の中で刺した。

お庭番の一人は水中で首を締められながら、これほど腕の立つ忍者が尾張にいるのかと不思議でたまらなかった。

若年寄

江戸城本丸で奇妙な声が聞こえている。

「アアウウ、アアウウ、ウウ……」

人の声である。

だが、何と言っているのかわからない。

わからないことに驚く者もいない。この声には慣れている。なにせ、この江戸城のあるじの声なのである。

九代将軍徳川家重の言語はきわめて不明瞭だった。

ただし、愚鈍ではない。

が、武門の棟梁とした場合、資質には恵まれていない。

家重は父・吉宗とちがって、まつりごとや武術にまるで興味を示さず、ひたすら絵や芸事に熱中した。

この家重の言葉を何なく解する男が一人だけいた。

大岡忠光《おおおかただみつ》。

いま、江戸城においてもっとも力を持つ男である。

吉宗に重用され、名奉行としてならした大岡越前守忠相《ただすけ》の縁者である。が、忠光の父・助七《すけしち》は、無役の貧乏旗本に過ぎなかった。

それがいまや、将軍の側近中の側近、一万石の大名にまで出世している。

それもこれも、将軍家重の言葉を理解することができるという一点のせいである。

「上様がお離しにならなくてな」

というのが口癖である。

実際、それは嘘ではない。

将軍家重が忠光を離さないのだ。

いまも、二人は少年時代にもどったかのように和気藹々《あいあい》と、本丸表の庭で話し合っていた。

「アア……」

「そうですか。もうお読みになりましたか。いかがなものでしたか？」

家重は、忠光にひそかに取り寄せてもらった『仮名手本忠臣蔵《かなでほんちゅうしんぐら》』の芝居の台本を読んだというのである。元禄の世に江戸を騒がせた赤穂浪士の討ち入りの話が、数年前に大坂の竹本《たけもと》座で演じられ、大人気となっていた。

家重は芝居が好きで、将軍という立場上、まさか芝居小屋まで観に行くわけにはいかないが、ときおり忠光から台本を取り寄せてもらっては、空想の舞台を楽しんでいたのである。

「アアアア……」

「そうですか。それほどよくできていましたか。では、江戸で上演されることがあったら、わたしもぜひ観てみたいものですな」

「アアア……」

家重は恨めしそうな顔で忠光を見た。

家重との雑談を終えると、忠光は大奥の中庭に出た。

「誰か」

と呼んだ。本来、ここで潜んでいる者に声をかけることができるのは将軍だけである。

だが、大岡忠光の言葉はすでに将軍家重の言葉と同じように扱われる。

「ここに」

お庭番の実質上の総帥である川村猪之助が姿を見せた。

大岡忠光と川村猪之助とは相性がいい。

「尾張の隠れ屋敷が見つかったそうじゃな」

「ええ、まもなく総攻撃をしかけます」

「全滅させるのか」

「はい」

「それでは富士の謎が解けなくなってしまうだろうが」

「それが思いがけぬところから、その謎が解けたようでしてな」

「ほう」

忠光は嬉しそうに目を見張った。

前の日のことである。

栗橋《くりはし》の宿は、武州の端にある。ここは日光街道の関所も設けられてある。

その関所の中の一室に、総髪を後ろで軽く束ねた三十歳ほどの男が座らされていた。いかにもうさん臭い風体ではあるが、しかし顔をよく見ると、そう悪人というのでもなさそうである。

この男、近くにある静御前《しずか》の墓とつたえられるあたりを勝手に掘り起こしていたところを捕まえられた。

いまは縄こそ打たれていないが、関所番士が厳しく見張っている。

捕まった男は自分がなぜ、こんなふうにつかまって、もう五、六日ものあいだ、ここに閉じ込められているのか、理由がわかっていないらしい。どこかきょとんとしている。

そこへ凄味のある男が現れた。

細面で、顔に幾筋か傷がある。色が黒いのであまり目立たないが、よく見るとけっこう深い傷あとだった。

しかし、そこらのヤクザ者とはちがう、凛とした気品のようなものも感じられた。

「再三、ご説明申し上げておるのだが、わしは日本の歴史をしらべておる者でけっして怪しい者ではござらぬ。ここの義経公の隠し金にしても、発見するのが目的で、出てきたらちゃんと幕府に献上いたす所存にござる」

「そうか。ところで、そなたはまだ他にも金塊が埋まっているところがあると申しておるそうだな」

「ああ、富士の山頂にあるはずの信玄公の隠し金のことでござろう」

「それはまことか」

「もちろんでござる。義経公の隠し金の場合は、半分近くはすでに発掘されているかも知れないが、信玄公のほうはおそらく完全に手つかず状態のはず」

「そなた、その話、他言は無用じゃ」

この傷の男に睨まれると、歴史学者を自称した男は歯の根が合わなくなった。異様な恐ろしさを覚えたのだ。

「けっして他言はいたしません」

何度も深くうなずきつづけた。

この話が、川村猪之助から大岡忠光につたえられた。

「そうか。武田信玄公の隠し金か……」

「だが、なぜ尾張の宗春さまがそのことを知ったのかはわかりません」

「おそらく探されたのだろう。その市井の学者が知ったように、古文書や言い伝えなどを当たったのだろう。尾張は宗春さまの濫費によって財政は破綻寸前だった。なんとしても金が欲しかった。そこで、さまざまな金策を探るうち、埋蔵金の発掘に目をつけたのだろう」

「なるほど」

「それで川村、宗春さまはそれを入手したというのか」

「いえ。まだだからこそ、ああして富士を見張っているのでございましょう。おそらく埋蔵金のありかを示す証拠を摑んだときは、金塊はすでに宝永の大噴火で場所が動くかどうかしてしまったのではないかと」

「そういうことか。それで、別の誰かがそれを横取りしようとしているのだろうか」

「そこはまだ、はっきりわかりませぬ。だが、それもやがてわかりましょう」

川村猪之助はにこりとした。対峙する者をほっとさせるいつもの笑顔である。


火事の炎が雲におおわれた江戸の空を焦《こ》がしている。

焼けているのは、浜町河岸に近い旗本屋敷。尾張の忍者たちが隠れ屋敷としてつかっていたところである。

火の勢いは強いが、幸い周囲は庭の広い屋敷ばかりで、町人地までの類焼はまぬがれそうだった。

だが、屋敷には油でもまかれたのではないか、火勢がやけに強く、燃え尽きたあとには何も残っていないだろう。

「やられたな」

浜町河岸と直角にぶつかるへっつい河岸の反対側で、野次馬にまじった竹次が、いかにも浪人ふうになっている星野に言った。

「ああ」

「何人かは生きのびたか」

「おそらく駄目だろう。あの屋敷には十人ほどがつめていたはずだが」

「長屋の連中を殺した奴らもいたか」

「いない。いまは尾張にもどっている」

「そうか」

竹次はほっとしたらしい。

「いいのか」

また竹次が訊いた。こんな真似をさせておいてという意味だろう。

全面戦争になれば、果てしない消耗戦になる。

「それはまずい」

間隙をぬって水戸が浮上するかも知れない。

以前から、宗春はそれを案じていた。だからこそ、矢之助ただひとりを江戸城に潜入させ、単独の暗殺を狙ったのだ。

「わしは尾張に行く」

「名古屋城だな」

「そうだ。おぬしも来て、助けてくれ。そのかわり、長屋の連中を殺した男を教えるし、金塊ものぞむだけやる」

お庭番が総力をあげて戦いを挑んできたら、凄まじいことになる。どう戦っても、尾張忍者は戦力で劣る。星野は何としても竹次の力が欲しかった。

「わかった」

竹次はうなずいた。

星野は長屋を出るとき、ふっと年寄須磨のことが気になった。

おそらくつけて来るにちがいない。

「知っていたか?」

ついに訊いた。いま、訊いておかないと、尾張に行ってしまってからになる。

「何を?」

「この前、大奥の年寄だった女がこの長屋を探りに来ていたぞ」

「………」

竹次は応えない。だが、明らかに知っているのだ。

おそらく、正体まで。それは訊いても応えてくれそうになかった。


竹次と星野が長屋を出ていったころ――。

半蔵は人形町の家で奇怪な術をおこなっているところだった。

若返りの秘術である。

はじまったのは三日前の夜である。

まず、血の合う若い女を選んだ。

皿に互いの血と液体を数滴入れる。きれいに混じり合う女ならよいが、すぐに塊ができてしまう女は合わないのだ。

合わない女たちは二分銀を駄賃にもらって帰っていく。楽なこづかい稼ぎである。

女が決まると、まず注意が与えられた。選ばれたのはお千代《ちよ》という十六の娘だった。

「よいな、この先、何が起きようと、決してわらわから離れぬなよ。三日後には約束どおり五両をやるぞ」

お千代は不安もあるが、五両という金額を示されればついうなずいてしまう。ふつうの町人なら半年は楽に暮らせる金額である。

儀式は口吸いからはじまった。

お千代はすぐにうっとりとする。舌と舌がからみ合わされると、口全体が熱を持ち、とろとろに溶けていくようだ。

しかもこの不思議な女は、お千代の唾をごくりごくりと飲みつづけている。

それから乳房同士が合わされる。

最初に乳首の先っぽ同士を付け合う。

それからこねるようにぴったり密着させる。

これも気持ちがいい。思わず、

「ああっ」

と、ため息が漏れた。

だが、驚くのはそれからだった。

腰のあたりに固いものが当たる。

これは何だろう。固いけれど、先端部には弾力もある。

——まさかこれって……。

お千代は男を知らない。だが、あぶな絵は見たことがある。

——このかたち、まさか男のあれ……。

しかし、目の前にいるのはまぎれもなく美しい女である。

わけがわからなくなる。

もう、腰のあたりにも強い快感が広がっている。

——当たっている腰のあたりのものが、自分を貫いてくれたらいいのに。

快感のあまり腹の中までとろとろになり、何かが漏れだしている。その漏れをふさぐように、その固いものが入ってきた。

ずいぶん大きなものに思えたのが楽々入ったのには驚いた。

お千代は激しい快感に貫かれた。

これが三日前のことである。

以来、ずっと貫かれている。

快感は去るときがない。波のように寄せたり引いたりはするけれど、その満ち引きがまた気持ちがいい。

だが、快感のなかに重い疲労が蓄積してきているのもわかる。

こんなに疲れたことはない。品川の海で一日、潮干狩りして遊んだときだって、こんなには疲れなかった。

逆に、この不思議な女は潑剌《はつらつ》としてきている。

肌触りが三日前とはまるでちがう。

いったい歳はいくつなのだろう。四十近い歳かと思っていたが、もしかしたらまだ二十歳そこそこくらいなのかも知れない。

お千代は五両など捨てても、もう家に帰りたくなってきていた。


大岡忠光はもはや自邸に戻ることはほとんどない。

家重は忠光が近くにいないと安心できないのだ。それはそうだろう、何を言っても言葉を解してくれないのではどうすることもできない。

男子禁制の大奥だが、まったく男がいないわけではない。料理人もいれば、なにより警固の者がいなければならない。

大岡忠光は、大奥の中に特別に一室を与えられ、ここで四六時中、家重のそばにいた。

いま、その部屋に川村猪之助もいる。

川村は大奥のごちそうを前にごきげんである。

将軍に出される料理は、繰り返される毒見のためにぬるくなってしまっているが、材料は第一級のものばかりである。これを一流の料理人がつくって、すぐ運んでくるのだから、どれも美味に決まっている。

「おっ、これはさざえの壺焼き。こちらはウニを蒸したものですな。いやはや……」

川村はすっかり頬がゆるんでいる。

「いいのか」

と大岡忠光が訊いた。

「すべて筋書きどおりにございます」

酒を口に運びながら、川村はうなずいた。

「そなたのことだから、ずいぶん手のこんだしかけを施したのだろうな」

「そうでございますな。よもや、見破る者はおりますまい」

川村猪之助はもう、食べるほうに夢中のようだった。

名古屋城

徳川宗春は緊張しきった顔で、檻の前の闇を見つめている。

異変がひしひしと感じられる。

何か恐ろしいことが起きるのだ。ずっと恐れていたようなことが。

見張りのお庭番は何事もないような顔で座っている。では、お庭番がやることではないのか。

いや、お庭番なら仲間に報せないまま、いっしょに狙った者を始末することだってやるだろう。

この男は何も知らないのだ。

敵はどこだ。宗春はもう一度、闇を見つめた。

迫ってくる者たちがいる。

ひゅっ、

と光るものが飛んだ。手裏剣だろう。

呻き声がした。檻の前のお庭番が殺されたのだ。

宗春は格子に首を突っ込み、なんとか右手のほうを見ようとした。そちらに自分を警固してくれる子飼いの忍者も控えているはずなのだ。

――星野はおらぬのか……。

だが、星野は富士の騒ぎを探らせるため、江戸方面に向かわせたことを思い出した。星野がいてくれたら、こんなことにはならなかったのではないか。

「誰かいるのか」

声をあげた。滅多にないことである。声をあげたからといって、状況が好転するとも思えない。しかし、このまま黙っているのは耐えられなかった。

「………」

もう一度、叫ぼうとした。

そのとき、自分の胸を冷たくて固い何かが貫いたのがわかった。

「あっ……！」

冷たくて固いものは、胸に突き刺さると熱さに変わったのは不思議だった。

自分の胸から腹にかけて濡れていくのもわかった。

そのときはもう、意識は薄れはじめている。

「宗春さま！」

自分を呼ぶ声がする。

「………」

応えられない。声が出ない。

「ご無事ですか」

「うう……」

呻くのがやっとである。

「早く開けろ！　お庭番の誰かがカギを持っているはずだ」

「あった」

騒ぎの末、ようやくカギが開けられた。

宗春は薄目を開いた。

見覚えのある忍者たちが自分を抱き起こそうとしている。だが、そのさらに背後の闇の中に、まだ光る目がいくつか残っているのに気がつかないのだろうか。

宗春はそれをつたえようと、そちらを凝視した。

だが、闇は自分の頭の中にも流れこんできていた。

この騒ぎがあった翌朝――。

星野と竹次は、名古屋に到着した。

江戸から三日ほどかかった。それでも驚異的な速さである。

だが、星野矢之助は竹次の健脚ぶりに度肝を抜かれた。遅れずについていくのが精一杯だった。

おそらく竹次は一人旅であったなら、あと一晩ほど悠々と短縮できただろう。

名古屋に入ると、すぐに星野と竹次は見張られている。

「仲間か」

竹次は星野に訊いた。

「そうだ」

「おれが誰かわからず警戒しているのか」

「それもあるかも知れない。だが、ちょっとようすが変だな」

取り繕ってはいるが、何か重大なことがあったことが気配でわかる。

星野は竹次をどうしようか、迷った。

「待ってくれと頼めば、待ってくれるのか」

星野は訊いた。

ここで裏切って、竹次を取り囲むことだってないとは言えない。疑われたら、そこで終わりになる状況である。

「いいだろう」

竹次は信用しているらしい。

城の見える宿に入れた。あとは、仲間が見張っていてくれる。

星野は急いで城へ入った。

星野は表向き小普請役として出仕している。詰所に入ると、すぐに仲間が寄ってきた。富士に詰めていた甚作という忍者である。長兵衛の長屋の者を皆殺しにした片割れでもある。

「どうした、甚作?」

「じつは、昨夜、とんでもないことがあった」

「何だと」

宗春の檻が何者かによって襲撃されたのだという。

檻の周囲で、江戸から来ていたお庭番のほか、仲間の尾張忍者ら十数名が斬り殺されていた。

「宗春さまは？」

訊いた星野の声は震えた。

「安心せい。幸い宗春さまは、みぞおちに当て身を入れられたくらいで無事だった」

「それはよかった」

「だが消耗はひどい」

「それはそうだろう」

「これだけ殺されては、幕府にも隠しようがない。やがて真相を明らかにするよう言ってくるだろうな」

完全にお庭番たちは尾張方を挑発してきているのだ。

すでに江戸の隠れ屋敷も全滅した。

「早く宗春さまに会わせてくれ」

星野は二の丸の檻に急いだ。

なるほど宗春は檻の中でだらしなく見える恰好で横の壁にもたれていた。いつもなら背筋をのばし、格子の前に正座している。

つらそうだが、星野は同情を押し殺して訊いた。

「こうしたことをつづけるなら、われらは全滅いたします。どういたしましょうか」

「その方のいいように」

力なくつぶやいた。

「では、しばらくこちらは名古屋にこもります。現藩主・宗勝さまがあれほど恭順の姿勢を貫いておりますから、お庭番も表立ってはもう、攻撃もひかえると思われます」

「それでよい」

宗春の許可が降りた。

星野矢之助は尾張忍者に命じ、ひとまず名古屋城下にこもらせた。探索も挑発もいっさい禁じた。

同時にお庭番の攻撃も途絶えた。

やはり、こちらが手を引けばお庭番も手出しはしにくいのだ。

五日ほど経って——。
星野矢之助は、ひさしぶりに名古屋の色街に出た。竹次もつれている。

名古屋の城下にもお庭番が入り込んでいるのは知っている。だが、いまはちょっかいも控えているはずである。様子見がてらと、星野は大胆にくり出したのである。

ここらは飴屋町《あめやちょう》といって、宗春の治世のころは、常設の芝居小屋が軒を並べたものだった。

芝居だけではない。遊廓も繁盛していた。なにせ、名古屋の町には遊女が千人いると言われた。吉原の三千人は吉宗の前の時代までで、当時は吉原をしのぐ勢いと言われた。

「いっしょに遊ぶのはお互い気づまりだ。わかれよう」

と星野はからかうように言った。

「だが……」

竹次はおどおどした目つきになった。戦うときとはまったくちがったこの頼りなげな眼差しはつい、微笑ましく思ってしまうものだった。

「大丈夫だ。女にまかせれば、すべて何とかしてくれるものだ」

星野は竹次の肩を叩き、さっさと歩き出した。

町はすっかり寂《さび》れている。人出こそ、そこそこは出ているが、全体の賑わいというものがちがう。

——あのころは、たえず音曲のひびきが町を流れていたのに……。

いまはそんなひびきもかすかなものになっている。

——ん……？

どこかで聞いたような音色がした。どこで聞いたのか。もしかしたら大奥にいるときではなかったか。

大奥の女中たちも、巷《ちまた》で流行っている音曲を持ち込んでくることがよくあった。そんな流行りの曲ではなかったか。

とすると、飴屋町もまだ捨てたものではないのか。

星野はこの曲に釣られたように、小さな路地に入った。遊廓ではない。小さな小料理屋だった。のれんには『しのぶ』とあった。

「いいかな」

星野はのれんをくぐった。

「どうぞ」

女はつまびいていた三味線を置いて、立ち上がった。ほかに客はいない。寂れた店だった。

だが、寂れたなりに風情がある。

「この店は古いのか」

飴屋町あたりはだいぶ闊歩《かっぽ》したはずだが、ここは記憶にない。

「ええ。宗春さまの御世から」

「そうだったか」

「また、あのような夢のような時代は来ぬものかと、そればかりを楽しみにして店をつづけております」

酒が出た。冷たいままである。

「よい酒だな」

一口飲んで言った。

「ええ。かつての知り合いからなんとか卸してもらっています」

星野の脳裏にもあのころの思い出が蘇ってくる。

本当にもう二度と、あんな日々はやって来ないのだろうか。

「おかしいな」

銚子一本を空けるころになって言った。身体がいうことを聞かない。

星野は拷問にあったときも自白しないため、多くの薬物に耐性をつくってきた。

だから薬物のせいではないはずである。

といって、気分が悪いわけでもない。むしろ、こんなに気持ちよく酔うのはひさしぶりである。

だから、二本目を頼んだ。

「ごゆっくりなさってくださいな」

いい女である。切れ長の目に独特の色気がある。

気がつくと、女の後ろで走馬灯がまわっている。

女の顔を見つめると、それは幻のように目の隅を流れつづけている。

一目見たときに思ったのだがどこかで会ったことがあるような気がする。どこで会ったのだろう？

ふっと江戸城の長い廊下が浮かんだ。大奥の権力者、年寄須磨が通り過ぎていく。

須磨？　そんな馬鹿な。あの女は確かに肌などはツヤツヤして見えることはあったが、どう見ても四十近かった。

だが、この女は薄化粧の下の肌の張りや、目尻などを見ても、せいぜい二十代なかばといったあたりである。

だが、二十代なかばの女が宗春さまの藩主時代から店をやっていただと？　いや、そうじゃない。母親かなんかが店をやっていて、この女は子どもの頃に手伝っていたとかそういうことなのではないか。

目がまわる。女の目を見る。さらにぐらりとくる。女が婉然《えんぜん》と微笑む。頬がゆるんでいるのが自分でもわかる。

走馬灯がいけないのだ。それと女の目と酒の酔い。これらがおれを、ひさしぶりに酔わせているのだ……。

星野矢之助はすでに我知らず意識を失っているのだ。

女はふたなり半蔵だった。

「なぜ、コノハズクといっしょにいるの？」

と半蔵が訊いた。

「コノハズクとは誰だ」

どんよりした口調で訊き返す。

「竹次だよ」

「ああ。あいつは、我々の隠密行動を知ってしまった。そのため、始末しようとしたが、腕が立ち過ぎて、逆にこっちが窮地に陥った。あんな化け物みたいなヤツと戦って消耗するより、味方に取り込んだほうが得策だと思ったのさ」

訊かれたことに正直に応えてしまう。

心の奥では自分は何をしゃべっているのだろうと驚く気持ちもある。抑えようともしている。

だが、自制心というやつがまったく働かなくなっていた。

「お前さんたちはいま、何をしてるんだい？」

「富士の金塊を守り抜くのに必死なのだ」

「富士の金塊だって？　そんなものがあったのかい」

「ああ。武田信玄公が富士の山頂付近に隠したものだ。しばらく行方がわからなくなっていたのが、竹次の長屋の連中が富士講にやってきたとき、その金の一部を見つけてしまったのだ。われらの仲間は、その長屋の連中を全員、始末した。すると、長屋の女房たちに頼まれて、竹次がやってきたというわけさ」

「そういうことだったのかい。それで、金塊の件にはお庭番の連中もからんできているんだね？」

「そりゃそうだ。ヤツらはその手の話は見逃さない」

「伊賀者は？」

「あんな連中は誰も当てになどしておるまい。蚊帳《かや》の外だ」

半蔵は持っていた銚子を調理台に叩きつけた。

「おのれ、お庭番が。伊賀者をそこまで愚弄するかい！」

怒りがこみあげる。怒りの先はお庭番である。

——これ以上、奴らの好き勝手にはさせてたまるかい……。

大御所吉宗亡きあと、忠誠を尽くすような人もいない。あのような愚鈍な将軍の命で動く気にはとてもなれなかった。

半蔵はようやく、自分の気持ちの持って行き場を見つけたように思った。

女の魔力

星野と別れ、竹次は少し緊張して、通りを歩き出した。

同じ飴屋町という歓楽街である。

宗春が藩主のころ、こうした歓楽街はたいそう栄えた。だが、失脚するや、いっきに廃れ出し、あっという間に閑古鳥《かんこどり》が鳴いた。

それでも二、三の歓楽街はどうにか欲望のはけ口という役割をこなしつづけていたのである。

江戸で暮らすようになってから、だいぶ人には慣れた。それでもこうした歓楽街をさまようときなどは、心の底から恐怖がこみあげることがある。いまも、そんな恐怖がちろちろと浮かびあがろうとするのを抑えるように、通りを歩いた。

短い歓楽街が尽きようとしたころ、竹次はさっと腕をからめとられた。

「遊んでいきなよ」

顔を見た。きれいな女だった。口が少し大きすぎる気がしたが、唇はふっくらと柔らかそうだった。優しげな笑みだった。

白粉《おしろい》の匂いが鼻先を流れたが、さほど濃い匂いでもなく、心地よかった。

「ね、あたしと遊んでいこうよ」

「遊ぶ……」

「そう。楽しいことするの。あんたはここを触ったり、ここを撫ぜたりして」

竹次の手を導いた。

手は胸から腹までを撫でた。軽く押しつけられただけなのに、胸の柔らかさは充分、感じられた。

胸の底がうずいた。

「女、誰に言われた？」

と竹次は訊いた。

「あんた、何言ってんのさ？」

女の顔に動揺はない。

だが、竹次はなおも訊いた。

「三人ほど前にここを通った男が、あんたに声をかけた。でも、あんたは断った。

それなのに、おいらには声をかけた。おいらを待っていたんじゃねえのかい」

やっと女の顔が揺れ出した。

「敵じゃねえんだろ」

「星野さまに」

とうなずいた。

「見張りがてら寝よと命じられました」

「やっぱり、そうかい」

女はそのまま竹次が行ってしまうと思ったらしい。だから、竹次がこう言ったときには驚いた。

「で、どうすればいい？」

遊廓は初めてではない。清兵衛に二度、吉原につれていってもらった。

だが、すべて清兵衛が手筈を整えてあったので、一人ではどうしたらいいのかわからない。

「大丈夫さ。まずは、ここに上がんなよ」

手を引かれて、こぢんまりした家に入った。

黒板塀や竹垣がなんとなく粋な感じである。石畳や小さな庭に植えられた八つ手やシダも水をまかれて青々としている。

家の中は静まりかえっている。ほんとに遊廓なのか。それとも星野たちの隠れ家のひとつではないのか。

二階に上げられた。

「いま、酒と食い物を持ってくるよ」

女はいったん、階下に降りた。自分で全部、用意するらしい。気取った店ではないということだろう。

女が下に行くと同時に竹次は立ち上がった。隣の部屋の気配をうかがい、中をたしかめる。

誰もいない。やはり、忍者の隠れ家ではなさそうである。寂れて人手も足りなくなったような遊廓でも借りたのだろう。

二階はこの二部屋だけである。その隣の部屋の窓からそっと外をうかがった。

――やはり、いた……。

つけられていることは、女と出会う少し前から気づいていた。

この町に足を踏み入れたとき、竹次は遊び人ふうの二人の男とすれ違っている。

こうした町にはいくらでもいる、ごろつきまがいの自堕落な若者である。

だが、すれ違うと同時に、片方の男が顔色を変えた。

竹次にはこの後の二人の話が想像できた。

「まさか、あの男は……」

「どうした？」

「吉宗さまを殺害した男に似ている……」

「すぐに江戸に報せたほうがよくはないか」

「まず、たしかめてからだ」

だいたいそんな話がなされたにちがいない。

竹次には迎え撃つ用意ができている。

女が盆を抱えて戻ってきた。酒と肴《さかな》はかたちだけのようなものだろう。

「ゆっくり楽しもうよ、ねっ」

いきなりおおいかぶさってきた竹次に、女は耳元で言った。

尾張のくノ一である。

男の心をとろかすためのさまざまな技を持っている。いや、技というより秘術と言ったほうがいい。

「いいの、あんたはじっとしてて」

「あ……」

女の手が下を這っている。包みこむようにまわす。

「目をつむっててもいいわ」

「いや、見たい」

女の手先を眺める。

「暑くなってきた。着物を脱ぐよ」

手を動かしながら、片手で帯をとく。ぷるりと豊かな乳房がこぼれ出た。引っかかっている着物を竹次は引っ張る。下半身まであらわになった。

「そんなに見ては……」

くノ一が恥ずかしげな顔をする。本気かどうかはわからない。

竹次を抱き込むように四肢をからめてきた。

抱き合っているのに、ぴったりくっつくことはない。紙一枚分ほどの隙間が保たれているような気がする。だから、竹次はもどかしい。抱きすくめ、その隙間をすべて埋めてしまいたい。それができないところに、欲望と快楽がふくらんでいく。

竹次は女体の不思議さに溺れつつある。

——このまま女の中に沈みこみたい……。

そう思うのに、意識のどこかで何かが竹次に覚醒を迫っている。

「もう、そろそろ終わりにしなくちゃならない」

竹次は額の汗をぬぐいながら言った。

「そうみたいね」

くノ一も外の異様な気配を感じている。

「でも、殺気はないわ」

「たぶん、おれの正体を知りたいだけなのだ。だが、帰すわけにはいかん」

「やるの」

「ああ、こっちから挑発してやる」

目と目が合うと、わかっているというふうにうなずき返してきた。

「そこに忍んでいるのは誰だ」

竹次は声をかけた。

敵は息をひそめている。殺気がめばえてきている。その息が大きく吸われるときがくる。その次の瞬間に攻撃がやってくるのだ。

「きた」

竹次は背中に突き刺さってきた殺気を、背を大きく反らしてかわした。頭と足先だけで踏ん張っている。身体は大きく弓のように反っている。くノ一はこの勢いで横にはじけ飛び、わきに置いてあった短刀をにぎり締めたところだった。

ついで、天井が破れ、もう一人の刺客が上から降ってきた。

「あ、あぶない！」

くノ一が竹次におおいかぶさるように飛び込んでくる。

これはむしろ迷惑な動きであり、しかも危険だった。

ぶすり、と嫌な音がした。

案の定、くノ一の裸の背に刀が深々と突き刺さっていた。

竹次は刀を抜こうとしている男の首筋に苦無《くない》を刺した。

「くわっ」

男は棒立ちになる。

突き刺した苦無に足をかけるように天井に飛びついた。

瞬間、畳がはねあがり、中からもう一人の刺客が現れた。

狙った男はいない。

「どこだ！」

「ここだ」

竹次が上から降ってきた。刺客の肩を蹴りつけるように上に乗る。がくっと肩が落ちる。骨が砕けたのだ。

「痛っ」

膝から落ちるように倒れこむ。

その背に、くノ一の背から引き抜いた刀を、両手で槍でも押し込むように突き刺した。

男は呻いた。

「このこと、なんとしても川村猪之助さまにお伝えしなければ……」

だが、すぐに力尽きた。

竹次は呆然とくノ一の死骸を見つめている。また、優しげな顔に戻っている。姉のサチもこんな寝顔をしてはいなかったか。

心を許した女は皆、奪われていくような気がした。

お美乃さま

「話がある」

名古屋城の普請方の詰所にもどった星野矢之助を五人の仲間が取り巻いた。

「なんだ」

「なぜ、あの男をつれてきた？」

甚作が訊いた。目に険がある。

「なぜとな」

星野はあまり言いたくない。言えば、人の手を借りるのかと気を悪くするに決まっている。

「だいたいあの男は何者なのだ？」

先輩の甚作を押し退けるように霧丸が訊いた。いつまで経っても、説明がないのが気に入らないらしい。

「大御所吉宗を暗殺した男だ」

「なんだと」

先代の将軍吉宗が何者かによって暗殺されてしまったことは、宗春にはもちろん忍びの仲間にもつたえてあった。その手口を星野から聞いたときは、忍びの仲間うちにも衝撃が走ったものだった。

ということは、いわゆる宿敵のお庭番ではない。

だが、なぜ、そんな男と知り合ったのか。

星野は、いきさつを語った。

「なるほど、長屋の連中がか」

「その男にしても関わり合いたくはなかっただろう」

「だが、長屋の恩人たちが殺された怒りにつき動かされている」

「では、あの連中を殺した者に仕返しをしようと」

甚作と霧丸が顔を見合わせた。まさに自分たちが復讐の対象である。

「面白い」

「相手になるぞ」

二人はいまにも飛び出していきそうである。

「まあ、待て。あの男、大御所の暗殺に成功したくらいだから、恐ろしく腕が立つ」

「われらが負けるとでも言うのか」

「それはわからない。だが、あの男は役に立つのだ。わずかな金と、長屋の者を殺した男を教えてやれば、われらの味方をするという」

「それは仲間を売るということか」

「売るわけではない。逆に手の内を教えた。お前たちはつねにあの男を警戒し、戦えばいいだろう」

星野は内心、それでも竹次には勝てないだろうと踏んでいる。ということは、やはり仲間を売ったことになる。それでも竹次の力は欲しかった。

「望むところだな」

甚作は笑った。

「では、正式に挨拶させようか」

「そうしてくれ。取り敢えず仲間として動くならな」

「わかった。呼ぼう」

竹次は星野より先に宿にもどっていた。お庭番を二人、倒したことは言わない。

所詮、双方に知れるに決まっているのだ。

星野は自分で出向き、竹次をつれてきた。

どう見ても、江戸城に忍び込んで、大御所を殺害したような男には見えない。

まだ、少年の面影すら残した若い男で、たいそう小柄である。筋肉に無駄はないが、それでも華奢《きゃしゃ》すぎて、力自体は微力なものだろう。

「朝日丸」

「信濃坊」

「次兵衛」

尾張忍者が名乗っていく。

「甚作」

「霧丸」

鋭い視線が竹次をとらえた。

竹次の顔には何の変化も現れてはいなかった。

そこへ、報せがきた。

「お美乃《みの》さまがお出でになりました」

「なに」

星野が慌てて立った。

お美乃さまというのは宗春の愛妾である。爽やかな気性がこよなく愛された。猫のようだという者もいた。

いや、春風のような人だという者もいた。

さまざまな魅力がある。しかし、誰にも悪くは言われない。

知り合ったのは遅く、宗春が江戸屋敷に蟄居《ちっきょ》することになってからである。いわば宗春の最後の恋人となったが、しかし名古屋に移送されるまでの数カ月間は、江戸屋敷で濃密な時間を持ったのだった。

だが、名古屋に来て、宗春の蟄居が長くなるにつれ、次第に元気を無くし、ここ二年はやまいのために衰弱してしまったと聞いていた。

「お美乃さまがなぜ？」

「もはや先はあとわずか。最後になんとしても宗春さまに一目ご挨拶したいということらしい」

わからないでもない。

「どういたす」

「宗春さまもお会いしたいだろう。お通しするがよい」

星野は承知した。

対面の願いはかなった。幸い、宗春を見張っていたお庭番たち五人は、皆、死んでしまい、かわりの見張りはまだ到着していない。

事情を説明すれば厳しいお咎《とが》めがくだるだろう。そのわずかなあいだだけにできることだった。

お美乃さまはげっそりと痩せ、蓮台に寝かされ、横になったまま、やってきた。もう長いことがないのは一目でわかる。まだ、宗春の痩せ細った顔のほうが生気が感じられるほどだ。

「宗春さま。お美乃さまです」

檻の格子戸が開けられた。

見張りがいないからできることで、互いによく見つめ合いたいだろうという星野らの配慮だった。

「お美乃か……」

「……」

そのお美乃さまの目が大きく見開かれた。

驚愕の表情である。恐怖も混じっている。

「お美乃さま……」

不安になった星野が声をかけた。

「まさか。そんな……」

お美乃さまは、天を向き、何か言おうとした。そのとき、宗春が短刀を投げた。思いがけない行動である。そもそも短刀など、いつから隠し持っていたのか。

「あっ」

一同は声を上げたが、なす術《すべ》がない。

その短刀がお美乃さまの喉元に突き刺さろうとした寸前、横から飛んできた苦無がこれを叩き落とした。

竹次が投げた苦無だった。

同時に竹次はお美乃の前に立って、宗春の次の攻撃にそなえた。

だが、宗春が隠し持っていたのは短刀だけだったようで、悔しげにこちらを睨むばかりだった。

「宗春さま、何をなさいますかっ」

わけがわからないまま星野が叫んだ。

するとお美乃さまが低いが強い声で言った。

「あの方は宗春さまではございませぬ」

「やはりな」

と竹次が言った。

「やはりとはどういう意味だ」

星野が振り向いて訊いた。

「なぜ、宗春さまだけが生き残った？　こちらの忍者がすべて殺されたというのに」

「それはたしかにそうだった……」

忍者たちも宗春が生きていたという喜びに、疑念を押し込めたかったのだ。

「では、宗春さまは……」

「それはおそらく……」

贋者《にせもの》を宗春だと信じさせるためには、本物がそこらで見つかるようなことはあってはならない。たとえ遺体であっても、宗春だとはわからなくしてしまうだろう。

「殺されたというのか！」

霧丸が声を荒《あら》らげた。しかし、それが妥当な想像であることは霧丸もすぐに理解する。

「贋者を殺せ！」

甚作が叫んだ。

だが、星野矢之助は止めた。

「落ちつけ、甚作。この男を殺すわけにはいかぬぞ。今後とも宗春さまとして生きつづけてもらわねばならぬのだ」

これも当然のことなのだ。

宗春が暗殺されたと騒ぎ立てることは、宗春の反逆の志を明らかにしてしまう。それを伏せたうえで、尾張の忍者たちは故人の遺志を継がなければならない。

「甚作。この贋者、もう余計なことは話さぬようにいたせ」

「わかった」

甚作は檻に入り、逃げようとする贋の宗春の首に指をあてた。

「うっ、やめろ……」

血が通わなくなったらしい。贋者はすぐに意識を失った。だが、甚作はまだしばらく指をあてている。

「もう、よいか」

甚作がそう言って指を離すと、贋者の宗春は目を開けた。しかし、その目に生気は感じられない。感情も野心もいっさいない、暗黒のような目。おそらく、甚作の指が血の流れを妨げ、部分的な脳死を招いたにちがいない。

「もはや、われらが指示を仰ぐべき方はおらぬのか」

甚作は苦しそうに言った。

なお、宗春は歴史上では明和元年（一七六四）まで生きることになる。

夕陽が沈みつつある。

庭の土が赤く染まっている。

その庭で男が三十人ほど天を仰いでいる。

号泣している。三十人の大の男たちが、身も世もなく泣きじゃくっているのだ。

異様な光景である。

宗春の死を嘆き、悼《いた》んでいるのだ。

儀式のようでもある。

竹次はそれを少し離れたところから見ている。

同情の色はない。きょとんとした目つきで眺めている。

そこへ連絡が入った。

「お美乃さまが危篤になられたらしい」

ここからもどるとすぐ、容体が急変したという。

「そうか」

さっきのようすでは、いつ、その日がきても不思議ではなかった。

「そのお美乃さまが、宗春さまのご遺言をつたえたいと」

「なにっ」

遺言とは何か。いつ、そのようなものを伝えられたのか。

星野矢之助と数名の忍者がお美乃さまの屋敷に急いだ。竹次はさすがに遠慮するしかない。

お美乃さまの白かった顔は、数刻のあいだに土気色に変わっている。

「お美乃さま。お話とは？」

星野が顔を寄せた。

「わしにもしものことがあったときは、と宗春さまはおっしゃられました」

「して、なんと？」

「紀州の血を絶て、とのお言葉にございました」

「なんと……」

星野は驚いた。

「やはり、このご遺言をおつたえしておかなければ、あの世で宗春さまにあわせる顔がありませぬ」

お美乃さまはそう言い終えると、がくりと首を落とした。

「お美乃さま！」

「だめだ、ご臨終だ」

星野は愕然《がくぜん》としている。

あまりの放心ぶりに、いっしょにいた甚作が訊いた。

「あの遺言はそのように驚くほど意外だったのか」

「ああ。宗春さまがそこまでお考えになっているとは思いもよらなかった」

遺言はやはり、江戸屋敷に蟄居しているときに聞いたという。お美乃さまはそのとき、宗春の近くにいた数少ないひとりである。将来のことを考え、もっとも寵《ちょう》愛《あい》の深かったお美乃さまに遺言を残しておいたとしてもまったく不思議ではない。

宗春の遺言では、まず吉宗の長男で現将軍家重の命を狙わなければならない。

それだけではない。精力家の吉宗は多くの子を残している。

星野はまだ、仲間には話していなかったが、もしも吉宗の血を徹底的に絶つというなら、あの竹次もまた……。

「結局、あの金塊をもとに、尾張は立ち上がれということになるな」

と霧丸が言った。

「もはや、尾張にそれほどの気概があるか」

甚作がつぶやく。

「ない。無念だが」

「では、せめて宗春さまの信をうけた我等だけでも」

星野が皆を見回して言った。

「おう」

尾張忍者たちは、改めて宗春の遺志を継ぐことを誓い合った。

鷹狩り

大岡忠光と川村猪之助は、大奥の庭に出て、赤松の枝ぶりを眺めている。忠光は作庭に興味があり、自分の理想とする庭をつくってみたいと思っているのだが、なにせ時間がない。そこで大奥の中庭を少しでも自分の気に入ったようにしようと、いまもハサミを持って剪定《せんてい》までおこなっていた。

そんな忠光の後ろから、大店の番頭のような笑顔で後ろに手を組んだまま、川村猪之助が言った。

「尾張の宗春さまがお亡くなりになったようですな」

「お亡くなりと申すか、川村」

忠光はにやりと笑った。

「はい」

川村はとぼけた顔のままである。

「ずいぶん他人ごとではないか」

「いやはや。大岡さまはまるでわたくしめが、宗春さまを殺害するよう命じたかのごとく思っておられる。よわったものですなあ」

川村はぽんと額を叩いた。あざとい芝居だが、不思議に憎めない人柄を感じさせる。

「ハッハッハ、しらばくれるのもほどほどにいたせよ。ところで宗春の子飼いの忍者たちは大騒ぎであろう」

「いまは、いったん様子うかがいというところでおとなしくしております。だが、そのうちに当然、死に物狂いの逆襲が始まりましょうな」

川村の顔に少しだけ緊張らしき感情が現れた。

「だろうな……尾張忍者を束ねるという星野矢之助とやら、どれだけ切れるか」

「おそらく何のことか、わかっておりますまい」

「二重のしかけの意味をな」

忠光と川村はしばらく笑い合っていた。

「ただし、ひとつだけ気になることがありまして」

と川村が赤松についた虫を手でつぶしながら言った。

「それは？」

「名古屋の遊女町で、わが配下の者が何者かによって倒されました」

竹次を襲った二人組である。身元不明の死体だったが、戻らない二人をお庭番が捜し、殺されたことを知った。

「だが、そうしたこともあろう」

大岡忠光はこともなげにうなずいた。

「いえ、すでに尾張者へ手出しすることは禁じておったのです。それなのに、その二人は禁令を破って手を出しました」

「挑発でもされたのであろう」

「おそらく、そういうことでしょう。だが、あの二人をいっきに葬り去ることができるほど腕の立つ者が尾張にいたというのがちと不気味でして」

川村はまた手をのばし、虫をつぶした。さっきからこの行為をつづけているので、右手は虫をつぶして出た汁で真っ黒に染まっている。

「なあに。それほど気にすることでもあるまいよ。ところで、これからどう出る？」

「ちと、面白いことをしたいものですなあ」

と、まるで遊びの相談でもあるように、

「戦いなんぞがつづくと、気持ちが殺伐としてまいります。ここはいっそ、ぱっと派手に、鉦《かね》や太鼓を打ち鳴らし、鷹狩りなんぞとしゃれこみたいところでございますな」

「おう、鷹狩りとな」

忠光の顔が輝く。

家重の小姓だったころ、一度だけ吉宗の鷹狩りに参加したことがある。なんとも勇壮な遊びで、内心、家重がやろうと言い出さないのを不満に思っていた。

だが、いまの忠光であれば、逆に家重に提案できる。忠光からの提案は家重ですら何となく断りにくくなっていたのだ。

「川村。そこで宗春の一派を殲滅《せんめつ》させるとともに、金塊もいただこうというのじゃな」

「ふふふ」

川村はふくみ笑いをする。

「では、半月ほどあとに」

川村猪之助はそう言い残すと、赤松の幹の裏にふっと隠れた。

それきり、中庭から姿を消してしまった。

月は代わり、すでに八月（旧暦）に入った。

江戸でも秋の風が吹きはじめ、空が高くなってきた。それが富士の裾野ともなると、草木をなびかせて走る風はなんとも爽やかだった。

ついに幕府は動き出した。

富士山麓一帯を埋めつくすほどの大規模な鷹狩りである。

人数も合戦並の人数が動員されている。

将軍家重が率いた軍は東海道をたどり、箱根を越え、御殿場《ごてんば》あたりに陣を張りつつあった。

家重自身が箱根を越えたころには、御殿場には駿府《すんぷ》からの援軍も到着していて、一万近くの兵になっていた。平和がつづいた世にあって、これほどの兵を急遽、集められたのはさすがに将軍家ゆえであろう。

当然、こうした動きは尾張にもつたわってくる。

「戦さを仕掛けてこようというのか」

「違う。富士の裾野に向かった」

「どうも鷹狩りらしいぞ」

「鷹狩りだと」

「将軍家のお家芸だ」

とくに初代の家康と先代の吉宗が鷹狩りを好んだ。だが、家重は鷹狩りなど好まず、ほとんどしたこともない。

「なぜ、こんなときに」

「おそらく、富士の金塊に気づいたのだ」

そうとしか考えられない。

「急いで富士に向かうぞ」

距離は江戸からのほうがはるかに近い。

だが、江戸からの兵は大軍であり、動きが遅い。

おそらくお庭番が先行しているとはいえ、指揮する者が遅いのだから、どうしても動きは遅くなるはずだった。

「何としても早く金塊のありかを探し出すのだ」

「金塊の後は、家重だ」

将軍暗殺は亡き宗春の悲願である。

だが、宗春子飼いの忍者たちで残っているのは、もはや三十人ほどである。

その三十人はそれぞれひそかに名古屋城下を抜け出し、鳴海《なるみ》宿に近い百姓家に集結し、旅じたく、戦さじたくを急いだ。

これに竹次も加わっている。

皆、山伏の姿である。後ろに背負う笈《おい》に、それぞれの得意な武器が隠されていく。

だが、竹次は苦無とわずかの食料を入れたくらいで、ほとんど武器らしい武器は持たない。

そんな竹次の荷物を怪訝《けげん》そうに見ていた星野は、

「おぬしは得意な武器というのはないのか？」

と訊いた。

「そういうものは……ない」

武器はそのつど手近にあるものを使う。それがないと戦えないというのでは、むしろ不安である。木の枝や石はどこにでも無限にある。それらを武器とするほうが、竹次にとっては心強かった。

皆、闘志をみなぎらせつつある。

たとえ数は少なくとも、お庭番を存分に苦しめることは可能だろう。

だが、竹次はこれまでの成り行きを見て、ひそかに首をかしげていた。

なにかがおかしい。思っていたのとは別の方向に物事が進んでいる気がする。誰かに操られているようだ。

星野はなんの疑念もないのか。

宗春は江戸にいるときすでに、

「やがて吉宗の血を完全に絶て」

と命じていたという。

それがきわめて容易ではないことは、宗春だってわかっていただろう。宗春の周囲の者だけでなく、尾張という国を賭けた戦いになる。それを本当に望んだのか。

もしも、あの檻の中の宗春がそう言い出したとしたら……。

おれは宗春が本物かどうかを疑うだろう。だが、もはや宗春はいない。確かめようがないのだ。

とすると、お美乃さまの遺言だけが信憑性を持つことになる。

——そうか。わかったぞ……。

お美乃さまの遺言は、お庭番がしかけた企みだったのだ。これによって尾張の野望を炙り出し、全滅を図ろうとしている……。

竹次はこの推測を星野に告げた。

「では、宗春さまばかりか、お美乃さままでも贋者だったというのか」

「いや、お美乃さまは本物だろう。だが、病いで意識が怪しくなっているところに、あのようなことを吹き込まれたのだ。病人はたやすく信じ込んだ」

「嘘を信じさせるため、もうひとつの嘘で覆い隠したのか。二重の罠……」

星野は頭を抱え、敵の思惑を必死で読み取ろうとしているようだ。

「どうする？」

竹次は訊いた。諦めるかと訊いたようなものだ。

「もはや、引き返せるか。動き出してしまったのだからな」

星野は怒ったように竹次を睨んだ。

東海道沿いに駆け上がった尾張の一行は、由比《ゆい》宿あたりから北上して、富士の裾野に出た。

「まず、頂上を取るべきだ」

と竹次は言った。

「それなのに、遅い」

「遅いだと」

霧丸がむっとした。健脚自慢でもある。

「おれは先に行くぞ」

「わかった。行け」

星野はうなずいた。この男が急ぎ出したらついていけなくなるのはわかっている。霧丸もわずか数里でついていくのを諦めた。

「笠雲が出ているな」

二合目あたりで、老齢のためか遅れがちになっている甚作が言った。なるほど富士の山頂は笠のように雲をかぶっている。

「ああ。あれが出ると、荒れるぞ」

霧丸がうなずいた。彼らは富士が荒れたときの凄さは、嫌というほど味わいつくしてきた。

五合目あたりまで来ると、御殿場一帯に鷹狩りの兵が陣を張っているのがよく見えた。まさかあれらの軍勢がいっせいに頂上をめざして来ることはないだろうが、しかし、尾張忍者たちもどうしても圧倒される。

ようやく頂上に近づいた。

いったん雲の中に入ったが、頂上付近ではけっこう陽が当たっていた。

笠雲のせいなのか、あるいは鷹狩りのため人払いがなされたのか、今日ばかりは富士に登ってくる参詣客はまったく見かけない。

頂上まで着くと、鍛え抜いた忍者たちもさすがに息が切れた。

どういう気流の加減なのか、雲がぐんぐん集まりつつある。見渡すかぎりの雲の海である。

「これは嵐になるかも知れぬな」

甚作が不安げな顔をし、

「早く、金塊のありかを見つけなければ」

星野がうなずいた。

と、そこへ、

「遅かったな」

竹次が現れた。

「きさま、金塊のありかはわかると言ったが、本当か」

霧丸が訊いた。東海道を来る途中、確かに竹次はそう言っていた。

「ああ」

と竹次は自信ありげにうなずき、

「上空から見ればわかるはずだ」

「どうやって空から見るのだ。天狗でもなければできぬことだ」

星野も信じられない。

「ところができるのさ」

竹次は、鷹兵衛の翼を持ち出した。

四合目あたりの松の木に隠しておいたものを持ってきたのだ。

広げて、つっかえ棒をし、補強する。畳二枚ほどの大きさの羽根ができあがる。

「きさま、それは鷹兵衛の羽根ではないか」

「殺しただけでなく、ヤツの秘術まで盗んだのか」

「待て。これは微妙な技が必要だ。これを鷹兵衛から借りても、誰もあの技を会得することはできなかったではないか。こやつにできてたまるか」

甚作らの嘲《あざけ》りを尻目に、竹次はうまく風に乗った。

「なんということだ……」

呆れ顔の星野たちを尻目に、竹次は大きく回転している。

頂上から高さを保ちながら、下の地形を眺めていく。

面白いように地形が読める。溶岩の流れもわかった。

宝永の大噴火のときは、富士の中腹が爆発し、ここから噴煙が上がり、溶岩が流れ出た。こうしてできた宝永山だが、この噴火は頂上付近にも影響を及ぼしている。頂上からもそう多くはないが、噴煙や溶岩が吹き出て、地形を変えた。このため、金塊のありかもわからなくなってしまったのだ。

上空から見ると、頂上から出た溶岩がいったん巨大な岩にぶつかって流れを変えているのがわかる。

清兵衛たちはその少し上で金を見つけたらしい。もう少し流されても、あの岩のあたりにひっかかったはずだった。

「わかったぞ」

竹次は地上に降りた。

「なんと」

「この一帯を掘れ」

竹次自身も示したあたりを掘りはじめた。

ほかの忍者たちも手伝うしかない。

長屋の連中とは掘る速さがちがう。たちまち一帯は深い穴がいくつもできていった。

どーんという音とともに、足元が大きく揺れた。

「地震だ……」

かなり大きい。富士山全体が揺れたようだ。家など倒れるものこそないが、頂上のお釜の中で小さな崖崩れが起きている音がしている。

竹次は顔をあげ、大気の臭いを嗅《か》いだ。何の臭いかわからない。硫黄に腐敗臭をまぜたような嫌な臭いだった。

誰も口にはしなかったが、皆、不気味な予感を抱いたことは明らかだった。

竹次は江戸で暮らしていると、ときおり無性に山が恋しくなった。山の空気、山の音。それらに囲まれていたころの自分を思うと、胸がつまるような気持ちになった。

おれは山が好きだ……。

だが、同じ山でもこの山は違っていた。竹次が知り尽くしてきた山とはまるで別の山がここにあった。

峻烈《しゅんれつ》で、冷酷で、厳然とそびえ立つ山だった。

ついに霧が出てきた。

鼻をつままれてもわからないというのはこのことである。

それから雷も鳴り出した。

霧の中から凄まじい爆鳴が近づいてくる。

富士に嵐が襲いかかった。野分とは明らかに違う。だが、激しさは飛び切りの野分にも劣らなかった。

横なぐりに指先ほどもある小石が吹き飛んでくる。

目になど当たったら、眼球がつぶれかねない。

さらに強まると、小石どころではない。

「あっ」

人が飛んだ。若く、身体の軽い忍者だった。くるくる回りながら、火口の底に飛んでいった。信じられない風の勢いである。身体の軽い竹次は縄で岩と自分とを縛った。

ものの記録では、富士山における風速は、秒速七十二・五メートルが最大とされる。この数字自体、驚くべきものではあるが、しかしこんなものは測候所ができてからの話で、もっと凄まじい強風はいくらもあった。現に、この日の嵐がそうだった。

こんな中でも穴は掘りつづけなければならない。むしろ、お庭番が近づけないいまのうちに見つけ出したい。

キン。

と、いままでとは違う音がした。

「なんだ、いまのは？」

聞きつけた者が集まってきた。風に飛ばされないよう這うような姿勢である。

「箱のようだ……」

さらに掘っていくと、箱というよりも柩《ひつぎ》だとわかった。

まさか、このような山頂に人の死骸を埋めるようなことがあるのだろうか。だが、富士は霊峰であり、ここで断食して死ぬ修験者もいるくらいである。

「一つじゃない。この隣にもある……」

「開けろ、早く」

星野が風の中で叫んだ。

三人がかりで重い石でできた蓋が取られた。

「これは……」

石の柩のなかに竹束がおさまっている。竹束は炭化して真っ黒である。

「割れ」

竹を石の柩に叩きつける。金色の光が迸った。

「あったぞ!」

歓声があがった。ついに、武田信玄が残した金塊を手中にしたのである。

竹次もこれには興奮し、頬を何度も叩いた。

石の柩のひとつは端が壊れ、いくつかこぼれ出た気配があった。その一部を富士講の連中が見つけてしまったのだろう。それにしてもうまく隠したものである。これならいったんは溶岩の熱で溶けても、やがてもとのかたちに戻っただろう。

ちなみに火山の爆発はすべてを溶かしてしまうように思いがちだが、意外にそうでもない。現に、平安時代あたりに富士山頂に奉納された経文が、ずっと後の昭和の時代になってから発掘されたことすらある。溶岩の猛威を逃れていたのである。

武田の隠した金塊は莫大だった。

数えているゆとりはないが、数百万両はくだりそうもなかった。これだけのまとまった金塊は、千代田の城にもあるかどうか。

一同は金塊を前にしばらく呆然としゃがみこんでいた。

やがて、あたりはゆっくりと明るくなってきた。いつの間にか風もおさまってい
る。山の天気は変わりやすいが、富士山頂のそれは猫の目のように変わった。
西の空は茜《あかね》色に変わってきている。
その陽射しは、並べた金塊をとろけるような色合いに染めていった。

「金塊だけで幕府はつぶれるものだろうか」
しばらくの休息の後で、星野がぽつりと言った。
「どういう意味だ、星野」
甚作が訊いた。
「いや、我等は金塊を手中にした。だが、これでどう、将軍家をつぶせるというの
だ」
感じてはいけないはずの疑念である。
だが、反論の声はない。たしかにその疑念は的を突いたのである。
これだけの金があれば、かなりの兵を集めることはできるだろう。だが、そのよ
うな手順を踏むうちに必ず計画は発覚する。せいぜいが由比正雪《ゆいしょうせつ》の乱の二の舞で
ある。

星野たちには城もなければ、食料を得る国もない。

金だけでどう戦えばいいのか。

「本当の遺言はなかったのだろうか」

と星野がつぶやいた。

確かにそうだった。宗春は金塊の具体的な使い途については、なんら命令を残していない。それがおかしい。それこそもっとも肝心なことではないか。

いくさのために使うのか、あるいは途中で挫折した経済政策を支えるために使うべきなのか。

それによって、数百万両にも及ぶこの金塊は生きもすれば無駄にもなる。

「そうだ。本物の遺言があるはずだ」

と竹次が口をはさんだ。

「あんたたちはそれを聞いているはずだ。ただ、それを遺言だと思っていないだけではないのか」

「何か訊いたか……」

星野が皆を見た。

「あるいは預かったものとかは？」

皆、首を横にする。星野は落胆した。

「いや、待て……」

と甚作が言った。

「預かったものはないが、辞世の句を聞かされたぞ」

「あっ、わしもだ」

霧丸も顔をあげた。

さらに二人が手をあげ、

「そう言えば、わしも聞いた」

と星野も言った。

「それだ、言ってみろ」

竹次がうながした。

「おれのはこうだった……」

と、それぞれが宗春の辞世の句を語った。

初夢や薩摩《さつま》の空を赤く染む

漁火《いさりび》に長州の海わかめ舞ふ

挙兵せり南国土佐の浜灼ける

桐一葉肥前の道に風もなき

米沢へ旅立つ友や寒椿

それらは紙に写され、これを一同がしげしげと眺めた。

句の出来など竹次はまったくわからない。

「藩名が五つ並んだか」

霧丸がつぶやいた。

薩摩、長州、土佐、肥前、米沢というのが藩の名だと竹次は教えられた。

「いちおう、新年、春夏秋冬とそろってはいるが、句としては……」

甚作が言った。どうもよくないらしい。

「だが、これらはすべてちがう。辞世の句が五つもあるということが明らかに変だ」

と星野が言った。

竹次はしばらく思案し、

「宗春というお人は、これらの地を訪れたことがあるのか」

と訊いた。

「いや。ないはずだ」

かつて、奥州梁川に領地を持ったことがある。表向きは梁川には行っていないが、宗春のことだからひそかに米沢を訪れたこともあるかも知れない。だが、薩摩や土佐などは絶対に行ったことはないという。

「それでわかった」

竹次が言った。

「宗春さまは、この金塊をその五つの藩にくれてやれというのだ」

「えっ」

星野が目を見張った。

「いずれも、外様の雄藩だぞ……そうか、宗春さまは将軍家打倒の夢を、尾張ではなく、これら雄藩に託そうとしたのか」

「ひそかにこれだけの金が入れば、藩にはゆとりが生まれよう」

誰かがつぶやいた。

「そうだ、軍備も整えられるし、幕府の嫌がらせのような要求にもそれほど困窮せずに済むようになる」

「だが、それが将軍家打倒にまで結びつくのかどうか」

「時も必要とするだろう」

「宗春さまはそこまで見通されたのだ……」

最後に星野が皆を見回して言った。

「これで、我等が最後になすべきことは決まった」

御神火

最後まで暮れ残っていた富士の山頂にも闇が訪れはじめた。

星野矢之助は下界を見下ろしながら、腕組みしてつぶやいた。

「吉宗がつくりあげた幕府の施策は、いずれ間違いなく破綻するであろう。そのとき、幕府は倒れねばならぬ。倒すものにこの金塊を与えよ。この金塊がいずれ、種となり、反逆の芽を萌え出させるであろう……」

星野は宗春になりきってしまったように言った。

この星野の言葉で、尾張の忍者たちが動き出した。

莫大な金塊はすべて柩から出され、五つに仕分けされた。

とりあえず頑丈な蓮台に、竹束が乗せられる。これを六人ずつで運ぶ。それでも腕が抜けそうなくらい重い。富士を離れたら、あとは荷馬車などを使うこともあるだろう。

「待て」

竹次が耳を澄ませた。

「どうした」

星野が近寄ってくる。

「来ているぞ」

闇の中に目を凝らした。

とりあえずいまは嵐は去っている。だが、真っ暗である。月はまだ半分にも太ってきていない。

それでも闇にわずかな陰影がある。それらは蠢《うごめ》いている。満潮時の潮が押し寄せてくるような気配である。

「凄い数だ……」

星野が息を飲んだ。

おびただしい数のお庭番とその配下の者たちが迫ってきていた。

星野は松明に油をひたし火をつけてから、下に放った。だが、すぐに松明など投げなければよかったと思った。

山肌に張りついた敵の数に闘志がくじけそうになった。

百人ではきかないだろう。二百人、もしかしたら三百人近くいるかも知れない。

ヒューンという音が響き出した。いっせいに矢を放ってきたのだ。竹次のそばにいた忍者が肩に当たって呻いた。おそらく矢には毒が塗られている。まもなく全身にしびれが襲い、這うこともできなくなって絶命に至るだろう。

「お釜の縁に走れ」

竹次が叫んだ。

縁の内側に入れば、矢の攻撃から身をかわすことができる。

皆、金塊を運びつつ、お釜の縁まで走った。

「とりあえず、矢はしのげても、数で厳しいな」

竹次は言った。それほど切羽詰まったふうでもない。

お庭番たちはじりじりと包囲をせばめている。

尾張の忍者たちが吉田よりの頂上付近にいるのはわかっている。とりあえず数の少ないヤツらは、頂上でこっちを迎え撃とうとする。

先頭で指揮しているのは川村猪之助だった。頭領がみずから出張ってきていた。見かけには似合わぬ大胆さだった。

「慌ててはいけませんぞ。間合いを置いて攻め立てながら、朝までじりじりと包囲をせばめていきましょう」

だから、ゆとりを持って、攻撃をつづけていた。

そんなお庭番たちがいちばん左端の後列側から一人ずつ、命を落としつつあることを、まだ誰も気づかずにいる。

その影はどこかしなやかさを感じさせる動きで、静かにお庭番の背後へと忍び寄った。それから火箸を鋭くしたようなもので、お庭番の盆の窪と呼ばれるあたりをいっきに刺し貫いた。

刺し貫かれた忍者は、驚きで声も上げられない。意識はぷつんと途切れ、岩場に突っ伏していく。

影は服部半蔵だった。

半蔵は女柄の着物を羽織っている。だが、その下は鎖帷子《かたびら》を着込んだ、完全な戦闘じたくだった。

およそ十二、三人ほどは倒しただろう。

半蔵は包囲の最前列までやってきて、そこからいっきに頂上のお釜に飛び込んできた。

「敵ではないっ。援軍として来たのだ！」

襲いかかろうとする尾張忍者たちを手で制して叫んだ。

「こちらの片方の筋を切り崩してやったぞ」

「そなたは、あのときの……」

星野の表情に激しい歓喜が浮かび、その上に疑惑の影が差した。

飴屋町の小料理屋であった女だった。

だが、あのときよりも老けている。

すると大奥の須磨の面影もある。

「誰だ、きさま……」

星野は刀に手をかけた。

「服部半蔵だよ」

星野の後ろから竹次が言った。

「服部半蔵だと……」

伊賀者の総帥であり、伝説的な忍者の名としても、尾張忍者のあいだでも知らない者はいない。

「その半蔵がなぜ」

「だから助けに来たと言っておるだろうが」

半蔵はうそぶくように言った。

「嘘をつけ」

「お庭番に一泡吹かせてやりたいのじゃ。神君以来の伊賀者を愚弄しおって」

星野は半蔵の形相に異常なものを感じた。

「半蔵の言うのは嘘じゃない」

竹次が言った。

そのとき、お庭番の何人かが、刀を構えて飛び込んできた。

「来たぞ、第一波だ」

星野らはお庭番を迎え討つので半蔵のことどころではなくなった。

その半蔵にしても、尾張側について戦う羽目になっている。戦いながら、半蔵は少し離れたところでお庭番と戦っている竹次の背中を見る。

——なぜ、こんな事態になったのか……。

じつは自分でも意外である。

人形町にいるときにやってきた書状。それから、それ以前、隣でおこなわれていた蔵の建て替え。あの現場には大勢の鳶がやってきていたものだ。

もしも、コノハズクがその中にいたとする。コノハズクは大奥にいた須磨に気づき、ときに尾行に及ぶこともあったかも知れない。

半蔵は書状がくる数日前に、伊賀の下忍と近頃のコノハズクの捜索状況について打ち合わせたことがあったのを思い出した。あのとき、下忍はうかつにも一度だけ、わしを「半蔵さま」と呼んで、それをたしなめたものだ。もしもあのやりとりをコノハズクが聞いていたとしたら……。

——操られたのか、わしは……。

コノハズクはわしの心を見破っていた。将軍家に対する忠誠心はすでになく、ひたすらお庭番への恨みをつのらせてきた。もしも、お庭番と向き合うことがあれば、この半蔵は同じ将軍家を守る立場にありながらもお庭番を討つだろうと……。

何人かのお庭番を倒し、一息ついたところに、尾張忍者の星野矢之助がやってきた。

星野と背中を合わせ、お庭番の襲撃に備える。

「竹次というのは何者なのだ」

星野が背中で訊いた。

「われらはコノハズクと呼んだ。ヤツはおそらく伊賀の里がこれまでに生んだ忍者の中でも、最強の男と言ってよいだろうな」

半蔵は応える。

「それほどの……」

「あれの父は陣内林蔵《じんないりんぞう》と言って、伝説の忍者だった。その親父が幼い頃から手取り足取りして育て上げたのがあの男なのだ」

「そうだったのか……」

星野はそんな男をともかくも、自分のめざす方向へつれてきたのだ。そのことに満足したようだった。

「また来たぞ！」

第二波は、第一波よりずいぶん数も多く、半蔵と星野は二十人ほどのお庭番に囲まれてしまった。

「わかれるぞ」

半蔵が叫んだ。

「おうっ」

半蔵は右手に走り、星野は左手に走ろうとした。

そのとき、またも足元が揺れた。

「あっ」

星野がお釜の縁に足を取られた。

ずるずると半町ほども落ちていく。

いっしょに雪崩《なだれ》のように岩が中心部へ落下する。これが何かの刺激になったのか、お釜の底でふいにどぉーんと爆発音がした。

「星野さまっ」

尾張忍者の誰かが星野を呼んだ。

「わしは駄目だ。竹次、頼む。宗春さまの野心を叶えてくれ」

星野は下で叫んでいた。

竹次もお釜の縁に立っていた。

「長屋の連中を皆殺しにした者の名をまだ聞いてないぞ」

と火口に向けて言った。

「甚作、霧丸」

星野の声がした。

それから小さな悲鳴があがった。星野矢之助はふたたび底に向けて落下しはじめたようだった。

尾張忍者の必死の抵抗で、どうにか第二波の攻防も峠を越したらしい。

「西側の筋から逃げるぞ」

言ったのは半蔵である。

そこは半蔵が下からお庭番を倒してきて、包囲が手薄になっている。

皆、金塊を持って、富士を下りる準備をはじめた。

「甚作と霧丸……」

竹次は尾張忍者たちを見てまわった。その二人は、最後に仕分けされた分――米沢へ向かう荷物を守っていた。

「お前たちが長屋の連中を皆殺しにしたのだな」

竹次がそう言うと、二人はぱっと散った。言われただけで、すぐに攻撃にそなえられたのは、あらかじめ星野から聞いていたからだった。

それでも竹次の攻撃は早かった。

竹次の足元から霧丸に向かって黒い塊が飛んだ。思わぬ方向だったので霧丸は避け切れず、顎にがつんと受けた。こぶし大の石だった。竹次が蹴りあげたのだ。

思わずふらっとした。すると、二つめの石が今度は頭上からきた。竹次がのびあがるようにして石を投げたのだ。これは左目を直撃した。霧丸は痛みを通り越し、大地がまわるような目まいを覚えていた。

霧丸が二つのつぶてで攻撃されているあいだ、甚作は黙って見ていたわけではない。いっきに竹次に接近し、その胴に刀を叩きつけた。しかし、竹次はぎりぎりでそれをかわした。

甚作は今度はじっくり竹次を見た。

竹次は何も手にしていない。

「そなた、刀もないではないか」

「おれは、いらない」

竹次がつまらなさそうに言った。

「それでは勝負になるまい」

「だって、武器などはいくらでも落ちてるぜ」

竹次はそう言って、さっき甚作や霧丸が運ぼうとしていた荷物から、黄金の棒を二本取り出した。

「きさま、それは……」

長年、探しつづけてきた金である。こんなヤツには触らせたくない。

ところが、これを摑んだ竹次は無造作に投げつけてきた。思わず刃先でこれをはじこうとした。

　これが鉄ならば、棒ははじけ飛んだのだろう。

　だが、飛んできたものはすっと切れた。金が柔らかいものであることを思い出したのは、切れた棒の先が左目にぶすりと突き刺さってからだった。

「ああっ」

　激しい痛みばかりは忍者といえどもたまらない。突き刺さった金の棒を抜きながら、坂をごろごろと転がった。

　その先に、ちょうど這いあがってこようとしていたお庭番がいた。

　甚作の腹はそのお庭番が突き出した刃で深々とえぐられていた。

　竹次は休まない。甚作の死を横目で見ながら、霧丸に突進し、足を払った。痛みのあまり視力を失っていた霧丸は、これを避けきれず、身体が大きく崩れた。

　お釜の縁である。

「あーっ」

　尾を引くような悲鳴とともに火口に転がり落ちていった。

「これで、仇は討ったぜ」

　竹次は空に向かって言った。もちろん、死んだ長屋の連中に言ったのである。

甚作と霧丸は米沢藩上杉家に金塊を運ぶことになっていた。だが、それは届かずじまいとなるだろう。そんなことは知ったことではなかった。

竹次はその金塊の束から一本だけ抜いた。これを短刀のように腰に差した。

「長屋の連中はこれで充分だ」

と竹次はつぶやいた。

それから縁にあった蓮台を梃子《てこ》の要領で傾けた。

蓮台はお釜の底へ落ちていった。米沢藩に届けられるはずの金塊は、富士の火口で溶けていくはずだった。


またしてもどーんという音がした。

お釜の底が真っ赤になっている。そこから花火のように光る噴煙があがった。

熱風が押し寄せてくる。

臭いもひどく、吸い込むと噎《む》せた。

「御神火だ！」

誰かが叫んだ。御神火とは噴火のことである。このころの富士はまだ、ときおり噴煙をあげていた。

きているのだ。


だが、この御神火はいつもの噴煙とはちがう。火口が爆発し、溶岩が溢れ出してきているのだ。

宝永の噴火のように大噴火になるのか。だとすれば、裾野一帯は溶岩流におおわれ、死の世界と化すだろう。

――早く下山しないと……。

竹次は、置きっぱなしになっていた鷹兵衛の羽根を背負った。

すでに金塊を運ぶ連中は西側から富士を下りはじめている。これを逃がそうと、四、五人の尾張の忍者が、お庭番の襲撃を食い止めていた。

飛び立とうとしたとき、男が前をふさいだ。

男は笑っている。こんなときの笑いにしては、にこやか過ぎるような笑いだった。

「もしや、そなたが大御所さまを暗殺した男……」

川村猪之助だった。

川村は確信があって言ったわけではない。目の前の男はあまりに小柄で貧弱な肉体だった。だが、これほどまで凄まじい戦いをする忍者など、そうそういるはずがなかった。

「ああ」

竹次はうなずいた。

「三年、追いかけてきた。意外なところで会うものですな」

ていねいな口調で言ってから、川村はゆっくり刀を抜いた。

笑顔のままである。それでもその構えから、お庭番の総帥たる腕前はすぐに想像できた。隙のかけらもなく、竹次のあらゆる動きに反応してくるであろう柔軟な構えだった。

竹次も緊張した。これほどの使い手は、覚えているかぎりでは千代田城で戦った服部蔵人《くらんど》という若者くらいだった。

「お庭番。その前にわしと勝負だ」

川村の背中から声がした。

着物の牡丹《ぼたん》の花の柄が闇から浮かんできた。その牡丹花はお釜の底からの赤い光に、怪しげに揺らめいた。

「何ヤツ？」

川村の笑いは苦笑に変わった。

「そなたとは会ったことはなかったかな」

半蔵が婉然《えんぜん》と笑った。

「ん……」

川村は目をそばめ、半蔵を凝視した。

「そなた、たしか大奥の年寄・須磨……そうか。服部半蔵か」

川村猪之助は笑った。明らかに軽侮のこめられた笑いだった。いまさら、過去の人間が何をしにきたと、その笑いは語っていた。

半蔵はこの笑いに激昂した。

「きさま、許さぬ」

二本の苦無を胸元で×の字に交差させた。

これで、川村の凄まじい剣先をかわせるのだろうか。竹次は不安を感じた。

そのとき、ふたたび火口から噴煙が上がってきた。

それは波のようにお釜の縁を越え、半蔵を押し包んだ。

半蔵はぱっと炎に包まれ、その熱風は川村に迫った。

「駄目だ、逃げなくては」

川村は背を向けようとした。

その背に火だるまになった服部半蔵が抱きついてきた。すでに牡丹花の柄の着物は燃え尽き、肉の焼ける嫌な臭いもしている。

「ハッハッハ。逃がしはせぬ」

半蔵は嬉しそうに笑っている。狂気に満ちた笑い声である。

「やめろ、伊賀者！」

「伊賀者はお庭番を憎んでおるのよ」

「それどころではあるまい」

またもお釜から熱風が吹き上げてくる。

竹次は鷹兵衛の羽根を背負いなおして、坂を駆け出している。

後ろでぼぉっと音がした。

見ると、川村と半蔵の全身に火がついていた。

「ああっ」

あがったのは川村の悲鳴らしい。

かすかに半蔵のものらしき笑い声が聞こえた。

「急がなければ……」

熱風と溶岩流に追われながら、竹次は走った。それからぽんと飛び上がった。

見えない力に押されるように、竹次の身体は宙高く舞い上がる。風になったように速度も増す。

後ろを振り向くと、摑み合った川村猪之助と服部半蔵が黒い影となって真っ赤な炎に包まれているのが見えた。

まだ熱風は追いかけてきている。

竹次は手をいくぶん後ろに移し、この羽根の先頭部が上を向くようにした。

羽根は高度を増した。東の空が白くなってきているのも見えた。まもなく夜も明けるだろう。

羽根は風に乗り、いっきに麓へと舞い下りていった。

「アウッ、アアア、アワワ、アウ」

くぐもった吠えるような声である。

九代将軍徳川家重が何か言っているのだ。

ここは麓に張られた陣である。

夜が明けようとしているが、家重は昨夜、一睡もできなかったらしく、目を真っ赤に腫らしていた。

今朝は早くから、もう江戸に帰ろうと、大岡忠光に訴えている。

「わかりました。富士の空気を吸っただけでもよしとしましょうか」

「オワッ、オワワワ、アアア」

「しかし、もう少しだけ、お待ちください。お庭番の川村猪之助から報せが届きましたら、引き上げる準備をいたしましょう」

「アウ」

家重は不安げにうなずいた。家重は愚鈍そうに見えて、やけに勘が働くことがある。その独特の勘が、迫りつつある危険を感じ取っているらしかった。

「それにしても、遅うございますな」

大岡忠光はそうつぶやいて、幔幕《まんまく》の外に出た。

富士の山は、中腹から上は雲の中にある。淡い朝の光が富士の半分をぼおっと浮かびあがらせている。今朝は赤富士になる気配はない。

頂上付近はあれほどの地獄絵図のような光景だったというのに、裾野からではほとんどわからない。

なにより、裾野のほうはよく晴れている。

頂上付近だけが雲におおわれているのだ。

大地をゆさぶるような御神火も、ここでは小さな地響きとして聞こえてくるだけに過ぎない。

それでも初めて聞く者は不安を覚え、地元の者に大丈夫なのかと訊いた。
だが、地元の者たちは江戸の者に少しでも肝の太いところを見せようというのか、
いっこうに平気な顔で、
「こんなことはしょっちゅうでござる」
と応えるのだった。
忠光が幔幕の外に出ていってから、家重は目の前を飛ぶ美しい蝶に気づいた。
——なんてきれいな蝶々だろう……。
羽根が虹色に輝いているのだ。
小姓たちもうっとりしてしまっている。
家重は追った。ふらふらと幔幕の外に彷徨《さまよ》い出た。
わずかの隙のできごとだった。
まもなく大岡忠光は幔幕の中にもどってきた。
「家重さま……!」
影もかたちもない。
「きさまたち、家重さまは」
一人がぼんやりと外を指さした。

「いったい何をしていたのか、この馬鹿者めが！」

大岡はかきむしるように幔幕をかきわけ、外に飛び出した。

十四歳で江戸城に小姓として上がって以来、家重のいるところがわからないなどというのはまさに初めてのことだった。


富士の周囲にはいくつも不思議な洞窟がある。

風穴《ふうけつ》と呼ばれる。風穴は裾野を縦横に走っているらしいが、しかし、この中を探索してまわった者はいない。何より恐ろしくて、せいぜい入り口から半町も行かないうちにもどってきてしまう。中は暗く、寒く、足元は氷りついていて、つるつる滑った。

竹次はその風穴を利用し、突如、出現した。

竹次の目の前にいるのは暗愚将軍と言われた家重である。家重は細工物の蝶に誘われ、いつの間にかこんなところに来てしまっていた。

竹次は刃を突きつけていた。

「ウワワ、オイオイ、アワワワ」

家重は必死でわめいている。が、何を言っているのかわからない。

不憫《ふびん》だった。

いわば母方のおじにあたる人である。

統治する力などあろうはずもない男が、頂点に祀り上げられている。

悲劇だった。

――こんな世は万全に見えてもほころびはじめる。

宗春の言うとおり、あとは外様の雄藩にまかせればよいのだろう。

竹次は刀をおさめた。

「アウッ、アウッ」

家重に喜びの表情が溢れる。それは将軍にしてはあまりにも素直すぎる、かわいらしさすら感じる笑顔だった。


それから十日ほど経って――。

竹次は東海道をゆっくりと江戸に向かっていた。

急ぐつもりはない。見聞を広げながらの、のんびりした旅だった。本当なら長兵衛長屋の連中とも、こんな旅ができていたのかも知れなかった。

竹次は疲れてもいないのに、杖をついている。

長さ三尺（約九十センチメートル）ほどの杖はずっしりと重い。もちろんこの中にはあの金が入っているのだ。

これを長屋の者に分け与えてやれば、とりあえず一生、金の苦労だけはしなくても済むだろう。それが、死んだ清兵衛たちの気がかりだったはずである。

尾張の忍者たちが無事に富士を下り、薩摩、長州、土佐、肥前の国に向かうところもしっかり確かめてきた。

宗春が蒔いた種がこの先どう育つのか、竹次も楽しみだった。

沼津の宿まで来たときだった。

一休みするため立ち寄った茶店で、竹次はどこかすっとぼけた老人と会った。頭巾をかぶり、軽衫《かるさん》という短い袴《はかま》をつけている。

「いやあ、よい季節になりましたなあ」

老人はそう言って、煙草をぷかりとふかした。雲のような煙が一瞬、涼しい秋風に乗って消えた。

「ご無事でしたか、星野さんよ」

と竹次は老人に言った。

「え」

老人が笑顔で首を曲げた。

「とぼけたって駄目だ。おいらは、何度もあんたの変装を見破ってきた」

竹次がそう言うと、老人は照れたように笑い、

「やっぱり駄目でしたか。もっとも、どうせわかるだろうと思ったから、ここであんたを待っていたのですが」

老人はやはり星野矢之助だった。

よく見ると、頰や腕のあたりに火傷のあとがある。あの火口からさんざんな思いをしながら這い出てきたのだろう。

「なんで、あっしを待ってたりしたんで？」

竹次は訊いた。心底、不思議そうだった。

「なあに、一言、礼を言いたくてな」

「礼ですか」

「ああ。おぬしのおかげで、宗春さまの夢も叶えられた。あとはわしも、拾った余生を俳諧でもつくりながら、のんびり生きていくことにした」

星野はそう言って、小さな手帳を広げた。たしかに、いくつかの発句が書きつらねてあるようだった。

竹次はそれをちらりと見て、つまらなそうに立ち上がった。

「姿など見せないほうがよかったのに」

と竹次は小さい声で言った。

「なんです？」

「そのまま消えてしまえば、よかったんだ。あっしも気づいたのは、富士の山を下りてからだったんだから。徳川宗春さま……」

「あ……」

星野矢之助は顔を醜いくらいにゆがませた。

「なんだって、わしが宗春さまだって」

「ええ。星野矢之助とは、蟄居が決まってすぐ、入れ替わった。だから、茶坊主として西の丸に入り込んでいたのも、星野矢之助ではなく、直接、吉宗への恨みを晴らそうとした徳川宗春さまだった……」

「ど、どうして、それを？」

星野は否定しなかった。

「尾張忍者を完全に率いていたのが、檻の中の宗春さまではなく、あんただったと気づいたのさ。金塊の使い途だって、あんたが巧みに指図していたよなあ」

「………」

宗春はぼんやりした目で街道を眺めている。

竹次は茶代を置き、ふたたび江戸に向けて歩き出していた。

「俳諧でもつくって、余生をのんびり過ごすだって。馬鹿言っちゃいけねえ。長屋の連中を死なせたのだって、結局、宗春さまの野望のせいじゃねえですかい」

竹次は歩きながらつぶやいていた。

沼津宿の小さな茶店で大騒ぎがはじまるのは、それから半刻もしてからだった。

どことなく品のいい老人の背に深々と火箸が突き刺さり、老人は眠るように静かに息絶えていたのである。

二〇〇二年十月　廣済堂文庫刊

光文社文庫

長編時代小説
影忍《かげしのび》・徳川《とくがわ》御《ご》三《さん》家《け》斬《ぎ》り
著　者　風《かぜ》野《の》真《ま》知《ち》雄《お》

2016年9月20日　初版1刷発行

発行者　鈴木広和
印　刷　萩原印刷
製　本　関川製本

発行所　株式会社　光文社
〒112-8011　東京都文京区音羽1-16-6
電話 (03)5395-8149　編集部
8116　書籍販売部
8125　業務部

落丁本・乱丁本は業務部にご連絡くだされば、お取替えいたします。
ISBN978-4-334-77356-4　Printed in Japan

組版　萩原印刷

風野真知雄の傑作既刊

〜剣客ものあり、忍びものあり。多彩な作品が勢ぞろい〜

刺客が来る道
［長編時代小説］

いわれなき罪に問われ江戸に逃げてきた信夫藩の元藩士・佐山壮之助。慣れぬ町で親子四人、細々と生活を始めたが、突然刺客に襲われる。江戸郊外に身を隠すが、執拗に襲ってくる刺客。はたして家族四人の生活を守りきれるのか——。武士を捨て町人として懸命に生きる男の心情を描く長編時代小説。

刺客、江戸城に消ゆ
［長編時代小説］

江戸城の警備を担う伊賀同心。伊賀の四天王と呼ばれる忍びたちは、自分たちの存在価値が低下していることを嘆き、起死回生の策を練る。それが、大御所・徳川吉宗を狙った刺客として伊賀の里から江戸へ連れてこられた伊賀忍びのコノハズクだった。しかし、事態は急展開し、江戸城の森を舞台に忍びたち同士の死闘が始まる。そして、衝撃の結末が——。風野真知雄の超絶技巧作品。

影忍・徳川御三家斬り
［長編時代小説］

一人の伊賀忍びに大御所・徳川吉宗が殺害されて二年。その忍びは、長屋で平穏な暮らしをしていた。しかし、富士講に出た長屋の者が皆殺しにされる。仇を討たんと、「コノハズク」とあだ名されていた伊賀忍び「竹次」は、長屋の人々の死の真相を探り始める。そして、辿り着いた驚愕の真相とは——。富士山と尾張藩を舞台とした、人気著者ならではの大スペクタクル活劇！